바오밥 나무로의 여정

빌마 스토켄스트룀 지음 [존 쿳시 영어판본]

김원기 옮김

THE EXPEDITION TO THE BAOBAB TREE

일러두기

이 책은 Wilma Stockenström의 THE EXPEDITION TO THE BAOBAB TREE
를 번역한 것이다. 오리지널 아프리칸스어가 아닌 존 쿳시가 영역한 책을 한국어로
번역했다.

1.

그 다음엔 비통함이 찾아왔다. 난 애써 그 감정을 억눌렀다. 그리고 나니 자조 섞인 기분이 되었는데, 아까보다 좀 더 친근하고 솔직한 마음이 들어서 되려 신경쓰이지 않았다. 나는 둥지를 찾는 새처럼 나무둥치 안으로 미끄러지듯 들어가 혼자 조용히 웃고는, 꿈을 꾸기 위해 조용히, 그저 조용히 침묵했다. 왜냐면 잠이야말로 제7의 감각이니까.

과거에는 종종 시간 감각에 혼란을 겪었다. 그때 난 낮과 밤을 일일이 헤아렸고, 통상 밤은 한가하고 낮이 바쁘다는 관념에 따르면 꾸벅꾸벅 졸고 있는 낮을 밤으로 봐야 할지 헷갈렸다. 잠은 곧 밤이 아닐까. 당시 난 밤을 길게 늘리려고 무던히도 애썼다. 아주 컴컴한 구멍 안에서 아주 작은 꾸러미처럼 몸뚱이를 한껏 웅크리고 이마를 무릎에 댄

채로, 나 자신을 좀먹듯 혼란스러운 생각에 빠져 있었다. 당시 나의 모습을 하나의 색으로 표현한다면, 내 잠은 푸른색이었다가 피처럼 벌겋게 요동쳤고, 때로는 시시각각 변하는 회색 그림자 같았다. 그러다가 나는 무너져 내리듯 잠에서 화들짝 깨어났고, 어지럽고 불안한 마음으로 잠자리에서 일어나 앉았다. 그리고 하루 온종일 내 거처 안을 살벌하게 내리쬐고 있는 아세가이[1] 투창 같은 햇살 속으로 먼지투성이의 발을 내디뎠다.

그때는 구슬 이전의 시기였다. 구슬을 찾은 후로 난 시간을 다루는 게 좀 더 편해졌다. 만일 너무 자주 졸음에 빠져 있었다면, 그건 더 이상 어쩌다 그런 것도, 잠을 영원한 도피처로 삼아서 그런 것도 아니었다. 그저 살아 있자고만 난 쉴 새 없이 속으로 되뇌었다.

날짜를 계산하려는 불굴의 노력이 시작된 건 내가 구슬들을 얻고 나서부터다. 며칠 전 구슬들을 주웠는데, 이제야 불현듯 그게 생각났다. 새로운 발견물을 이징가미[2] 더

---

1   assegi(학명: Curtisia dentata): 남부 아프리카산의 나무로 줄루족, 소사족 등이 아세가이 가지를 깎아 사냥용 투창으로 사용한다.

2   질그릇의 깨어진 조각 또는 도편.

미에 쌓아두고 나자 내 호기심이 부쩍 커졌다. 그래서 내가 숨어 있던 바오밥 나무에서 익숙하게 오가던 강가까지 다양한 경로로 그 지루하고 답답한 여정을 조금씩 망설이며 감행하기 시작했다.

　난 야생동물처럼 나만의 길을 냈다. 물론 이건 나중에 내리게 된 결론이다. 붉은 사슴처럼. 아니, 나는 붉은 사슴이나 얼룩말, 버팔로와는 또 달랐다. 그런 짐승 무리는 한 개체만으로는 너무 약하고 먹잇감이 되기 마련이라 늘 무리를 지어 각자의 감각을 보완해주며 위기의 고비를 함께 극복하려 한다. 나는 그런 무리 짓는 동물과는 다르다. 나는 이 지역에서 오래 살았을뿐더러 떠날 생각은 추호도 없었기 때문에 분명히 의도적으로 나만의 길을 따라 움직였다. 이렇게 말하면 좋을까. 나도 여기에 생존하고 있는 생명체라고. 나 자신의 힘에 기대며, 심지어 곳곳에 뱀알들이 깔려 있는 시절[3]에도 자기 자신을 지키기 위해 버둥거렸다고 말이다.

　강가로 가는 길은 그렇게 만들어졌다. 가볍고 말랐지만 유연한 몸매로 관목과 나무둥치를 헤치고 나가면, 눈앞

3　개인이 성장통을 겪으며 정체성을 깨우치는 시기를 은유적으로 빗댄 표현.

에 겨울빛이 붉게 드리우기 시작한 초원이 나타났다. 평지 길이 갑자기 비탈길로 바뀐 끝에는, 수원지를 지키는 수호자 같은 어린 마투미 나무 두 그루 사이로 두 팔 너비의 강물이 햇살을 가득 품고 유유히 흐르고 있다. 나는 강 하류로 좀 더 내려가 몸을 씻는다. 상류에는 더 큰 물길과 합류하는 여울이 있는데, 그곳이 코끼리들이 강을 건너는 길목이었다.

하마터면 코끼리 떼의 발에 깔릴 뻔했던 그날, 어린 여자애들끼리 주고받던 수수께끼가 내 머릿속에 떠올랐다. 저 짐승의 뱃속엔 무엇이 살고 있을까? 코끼리 뱃속에서 들리는 꾸르렁대는 소리 때문에 불안해진 나는 목이 말라도 꾹 참고 엉성한 갈대 덤불에 숨어 있었다. 한 무리의 코끼리 발들이 경쾌한 걸음으로 나를 지나쳐 물웅덩이로 가 물보라를 사방에 흩뿌리며 목욕을 했다. 난 몸을 더욱 움츠렸다. 사실 노예 소녀처럼 밀착 감시를 받으며 자라는 사람은 없다. 내가 한마디 더 보탠다면, 노예 소녀처럼 무식하게 굴러먹으며 크는 사람도 없을 게다. 개중 빛나는 예외라 할 만한 나조차도 야생 동물과 그 습성에 관해선 거의 무지했다. 내가 아는 지식이라곤 상아 밀거래에 관한 몇몇

소문뿐이었다. 어쩌면 계절마다 코끼리가 집어삼킨 조약돌들이 저 거대한 뱃속에서 평생 달그락거리는 걸까? 불가사의할 정도로 큰 짐승들의 정체가 무엇이든, 나는 우선 상황에 순응하고 내 힘이 우위로 확인될 때까지 조심스럽게 숨어 있었다. 바위와 갈대, 민달팽이와 새끼 손톱만한 딱정벌레 뒤에 우스꽝스러운 꼬락서니를 한 채, 나는 마치 죽은 시체마냥 엎드려 있었다. 긴긴 물놀이가 어서 끝나기를, 그래서 다시 인간답게 일어서서 주위를 둘러볼 수 있는 순간을 기다렸다. 마침내 먼 강둑에서 마지막 포효 소리가 잦아들면, 그제야 난 뻣뻣해진 몸을 곧추세우고 젖은 모래를 털어낸 뒤 갈대에 이는 바람에 부르르 몸을 떨었다.

지금이야 코끼리 떼와도 친해졌지만, 그땐 저들의 여울목과 목욕탕을 내가 무심코 침범해버리고 만 것이다. 어쨌든 그런 가벼운 잘못을 털고 가는 게 우정이 아닌가. 나도 살고, 코끼리들도 살아가야 하니까. 때때로 내가 있는 고지대에서도 저 멀리 굽이지는 강물이 반짝이고, 포효 소리와 함께 잠깐 치켜올린 한 쌍의 거대한 엄니가 보일 때가 있다. 그런 장관을 보고 있노라면, 한때 내 팔뚝을 장식했던 상아 팔찌와 저 짐승을 연결짓기란 쉽지 않다. 세상에는 이해하기 어려운 게 너무 많다.

사실 바오밥 나무 입구부터 이징가미 더미까지의 그 짧은 거리에 있는 사물들도 제대로 알기 어렵다. 그 짧은 여정 사이에 얼마나 많은 걸음과 뒷걸음질이 오갔을까? 어쩌면 평생 동안 그렇게 진퇴를 반복할지도 모르며, 사실 지금 나도 이 장소를 떠나지 못하고 빙빙 돌고만 있지 않은가?

수많은 걸음들을 내딛다 보니 발이 벌써 아파온다. 이런 허섭스레기를 여기로 옮기면서, 난 무엇을 모으고 또 성취하려는 걸까? 그렇게 해서 시간은 구슬이 되었고, 또 머지않아 허섭스레기로 바뀔 것이다.

내 기억의 수많은 경로 위에서 꿈틀거리고 나타난 무서운 형상이 내게 한순간의 뒤돌아봄도 허용하질 않는다. 그것에 적당한 이름을 붙이지는 못하지만, 난 그것이 무엇인지 안다. 내 앞에 어른대는 그것은 때로는 사람의 형상, 때로는 털이 수북히 난 벽壁의 모서리처럼 보인다. 그것은 때로는 요동치는 오두막의 입구가 되어 나를 집어삼키고 질질 끌고 가려고 한다. 그 입구는 솟구치는 분노처럼 엄청난 속도로 몰아치다가 불과 1야드 남짓한 거리를 남기고 돌연 방향을 바꾸고 느릿하게 움직이며 나를 꾀려 든다. 나를 사로잡으려던 무수한 뾰족한 바늘들이 축 처진 덤불 덩굴손으로 바뀔 때, 모든 것들이 종잡을 수 없는 잿빛만 남긴 채 사라져버렸을 때, 그렇게 허탕을 치고 난 뒤 크나큰 낙담이 찾아든다. 내 기억 속에는 평생 동안 실제로 봤던 것보다 더 많은 길들이 교차하고 있다. 그 길들이 전부 내게 허락되었다면, 그리고 나의 탐지 능력이 매번 실패하지 않았다면, 과연 나는 어떤 길을 걷고 또 어떤 길을 지워갔을까?

어떤 곳에도 닿지 못할 온갖 길들이 내 거처에서 천지사방으로 뻗어나가고 있다. 그 길들은 설계된 게 아니라, 그저 나타났을 뿐이다. 물론 바오밥 나무로 숨어들 때 나는 들짐승들의 길을 따라왔다. 막다른 길 외엔 딱히 길을 찾지 못했기 때문이다. 하지만 금세 난 내 사고방식이 이곳의 다른 생명체들과는 맞지 않는다는 결론을 내렸다. 그런 연유로 난 새로운 길을 찾았고 드디어 발견해냈다.

그래, 발견했다. 얼마나 오싹한 일인가.

가장 중요한 건 마실 물인데, 다행히 물은 찾을 필요도 없었다. 물은 도처에 있었으니까. 물은 볼 수 있고 또 물

흐르는 소리로도 찾을 수 있다. 난 타조알 껍데기를 이용해 잔잔한 강물을 퍼올린다. 반짝이는 빛과 소리를 찾아 돌멩이를 들추면 깨끗한 물이 솟아오르고, 거기에 알껍데기를 가만히 갖다댄다. 몇 번이고 퍼올리기를 반복하면, 질그릇에 물의 정령이 가득 고인다. 그러고 나면 나는 두 손으로 천천히 질그릇을 머리에 올리고, 무릎을 살짝 굽혀 국자 대용으로 쓴 알껍데기를 잘 챙긴 뒤, 물길을 따라 바오밥 나무로 돌아간다.

내가 찾은 것들은 이러했다. 초원에서 나는 온갖 종류의 먹거리들. 먼저 차지하려고 다른 동물들과 각축전을 벌이며 뽑아내고, 파내고, 따낸 먹거리들이다. 왜냐면 내 허기를 달래주기 위해 나무가 저절로 싹을 틔우고, 꽃을 피우고, 열매를 맺지는 않으니까. 나를 기쁘게 해주기 위해 덩이뿌리와 줄기가 땅속에서 솟아오르거나, 녹심목에 티피르 과즙이 흐르지는 않으니까. 또 내 기운을 북돋우기 위해 자귀나무가 저절로 그늘을 만들지도 않을 테고, 내게 기쁨을 주려고 초여름부터 야생 난초가 꽃을 피우거나 아프리카 제비꽃이 향기를 퍼트리지도 않을 테니까.

흑멧돼지들이 풀을 뜯고 난 뒤에, 나처럼 서투른 채집

자는 전문가가 훑고 간 초원의 이랑에서 남은 자투리 식물을 긁어모은다. 나는 멧돼지처럼 무릎을 꿇고, 어금니 대신 나무 막대기로 단단한 땅을 파헤친다. 식용 덩이뿌리나 풀뿌리의 냄새를 잘 분간하지 못하고 눈으로 대충 찾으니, 그 결과 캐낸 것은 실망스럽게도 한 움큼뿐이다. 비비원숭이들이 휩쓸고 간 뒤에도 똑같은 일을 반복하는데, 적어도 그 영역에 들어가기 전엔 원숭이 무리가 떠났는지 잘 확인해야 한다.

사실 난 비비원숭이의 비릿한 웃음이 흑멧돼지나 강멧돼지의 엄니보다 훨씬 두렵다. 원숭이는 나와 너무나 비슷하게 생겼다. 그 흉측한 얼굴에서 나 자신을 보는 기분이라고 할까? 물론 초원에서 내 입지가 더 취약하고 생존 지식도 부족하다. 어쨌든 원숭이의 괴기스러움에서 나의 기분과 욕망이 거울처럼 투사되는 것 같고 내 교양이 조롱당하는 느낌이 든다. 두 손 두 발로 기어다니는 저들의 천박한 모습은 온통 날 흉내내려는 시늉뿐이다. 나는 원숭이와 그 힘, 그 교활함과 이 세상에 대한 자신만만한 지배력에 대해 경멸을 느낀다. 원숭이들은 하나같이 똑같다. 부풀어 오른 뺨에 가득한 식탐이 날 구역질 나게 만든다. 꼴

불견인 공공연한 짝짓기, 스스로 자세를 낮추는 암컷들의 구걸, 수컷의 억센 팔 아래 능욕당하는 암컷, 육욕에 젖은 저들이 내는 흉한 소리와 희번뜩한 눈, 전부 탐욕의 표식이라는 생각이 든다. 원숭이들이 창살 안에 있다면 저들을 보고 웃을 수 있겠지만, 이젠 너무 많은 것을 알게 되었다. 반대로 원숭이들이 나에 대해 아는 거라곤 곁눈질한 것 외엔 없다. 아마도 나란 존재는 성가신 것 그 이상도 그 이하도 아니겠지. 저들의 활동 영역에서 멀찌감치 떨어져 있는 이방인이랄까.

오직 잠들어 있을 때만 나는 내가 누구인지 오롯이 알게 된다. 꿈꾸는 시간을 지배하고 득의만만하게 꿈을 장악하는 건 나뿐이니까. 그런 시간에 내게 필요한 사람은 바로 나 자신이니까.

꼬리가 휘어진 경비견들로부터 다급히 도망쳤을 때, 나는 우연히 평평한 땅뙈기—그래, 그곳은 정말이지 납작해 보였다—에 다다르게 되었다. 나는 돌부리에 발이 채여 대자로 뻗고 나서야 숨을 몰아쉬었다. 주위를 돌아보았다. 심장 박동이 손끝까지 전해졌다. 코끝에서 뿜어져 나오는 거친 호흡이 마른 풀잎을 부르르 떨게 했다.

그렇게 난 썩은 고기를 먹는 독수리들이 물러날 때까지 한참을 누워 있었다. 사실 저 날짐승들한테 늘 익숙한 게 굶주림일 테니 허기를 채울 수 있다면 얼마든지 기다릴 태세였다. 그때 내 속눈썹 사이로 뭔가 빛나는 것, 초록색과 검은색으로 알알이 반짝이는 빛줄기가 보이는 것 같았다. 손가락으로 풀잎 속을 헤집어봤더니 그 정체 모를 빛은 단단한 구슬들로 바뀌었다. 나는 몸을 일으키고 흙먼지와 마른 뿌리에서 구슬들을 그러모았다. 내 손바닥에 두 개의 검은 구슬들과 하나의 녹색 구슬이 쥐여져 있었다. 나는 그 쓸데없는 발견품을 바오밥 나무 아래로 가져왔다.

구슬들은 공중에 떠다니는 꽃가루처럼 작았다. 자세히 살펴보았다. 구슬 갯수와 색에 맞춰 배열할 수 있는 경우의 수는 얼마 되지 않았다. 다음 날 나는 구슬을 발견했던 장소에 다시 가볼까 했지만, 정확한 방향이 기억나지 않았다. 작은 언덕 근처였고 멧돼지가 암벽 아래 흰 나무뿌리를 파헤쳐 놓은 곳이라는 걸 떠올리면서, 나는 나무 한 그루와 바위 비탈길을 찾아 무작정 돌아다녔다. 하지만 아무것도 찾지 못했다. 여기에 처음 왔을 때처럼, 난 아무런 계획 없이 초원을 헤매었다.

바로 그 시초에는 시간이 존재하지 않았다. 살아남기 위해 흔적을 지우다보니, 이렇다 할 순서도, 범주도 없었기 때문이다. 이제 나는 오랜 지식과 새로운 지식을 현명하게 다루면서 '분류'라는 사치를 누릴 수 있었다. 심지어 내가 뭘 하고 있는지 반추할 수 있었다. 감정의 동요 없이, 꼬리에 꼬리를 물고 생각을 펼쳐나갔다. 내 생각을 항아리처럼 둥글게 만든 다음, 물처럼 차갑고 정확히 내려놓을 수도 있었다. 조심하지 않으면 나를 파고들어 완전히 채워버릴지 모를, 푸르고 검은 대기의 불확실성에 맞서 항아리의 입구를 주둥이처럼 뾰족하게 만들지도 모를 일이다. 난 그렇게 모든 종류의 대상들에, 셀 수 없이 많은 사물들에 나의 생각을 쏟아부었다. 오, 은혜로운 하늘의 섭리여. 난 모든 것을 잊기 위해 충분히 많은 것들을 떠올렸고, 그러다 기억난 것들을 잊어버리면 또 다른 것들을 생각해냈다. 이것이야말로 공허함에 대응하는 기막힌 치료법이 아닐까.

지금 여기 있는 작은 구슬들은 상상할 필요도 없이 남녀의 목이나 팔목에 달아 두던 장신구였다. 내가 다른 무언가와 교환되었듯이, 이 구슬들도 뭔가와 교환하는 데 쓰였을 것이다. 물론 내 가치가 얼마는 받아야 한다든가, 실제 어떤 가격에 팔렸는지 난 알지 못한다. 동전 한 닢이든, 여러 닢이든. 내가 아는 게 없는 분야가 바로 돈의 쓰임새이다. 노예 소녀가 가진 특권의 하나는 모든 게 주어져 있다는 점이다. 머리 위의 지붕, 몸에 걸친 옷가지, 그리고 음식—적어도 내 경우엔 꽤 풍족했다—이 주어졌으니 얼마나 행복한 삶이었던가.

구슬들은 너무 작아서 나무옹이 아래에 숨겨 두면 잘 보이지도 않는다. 물론 난 눈을 감고도 찾을 수 있다. 눈 먼 장님이 자기 집을 잘 알듯이, 나도 바오밥 나무를 속속들이 알고 있다. 편편한 나무껍질과 홈, 오돌토돌한 나무옹이와 테두리, 그 냄새와 어두움, 커다랗게 갈라진 틈으로 스며드는 빛. 내가 잠을 청하던 헛간에서는 결코 경험하지 못했던 느낌. 누구도 침입하지 못했던 나의 거처에서 내가 아는 거라곤 오로지 내 것뿐이다. 이렇게 말할 수 있으리라. 이게 내 것이야. 아니 이렇게 바꿔 말할 수 있다. 이게 나야. 이 것들은 나의 발자국, 나의 아궁이에 쌓인 재, 나의 숫돌, 나의 구슬, 나의 아징가미야.

그러니까 내 회색 나무껍질 안에 있는 나는 지고의 존재다. 나는 당당하게 바오밥 나무의 입구에 모습을 드러낸다. 주인이 나를 고를 때 겉보기에 편안함을 기대했던 것을 눈치챈 이후, 나는 항상 잘 배운 태도를 보이려고 노력했다. 그로써 주인에게 좋은 인상을 줄 수 있다는 이점을 염두에 두고, 권력의 작은 끄나풀이라도 내 손에 쥐어져 있다는 자만심을 숨겼다.

하지만 지금의 나는 내가 속한 세상 바깥으로 걸음을 내딛기 전에 도도하게 서서 초원 밖을 둘러본다. 날 은폐해주는 바오밥 나무의 내부에서 밖으로 나갈 때마다, 나는 또다시 인간의 힘을 회복하고 저 멀리 풍경을, 저 무성한 식물들의 성장을, 짐승 무리들을, 지평선에 울타리를 두른 것마냥 언덕 위로 넘실대는 보라빛 이랑들을 응시한다. 바오밥 나무의 자궁에서 시시각각 새롭게 태어난 나는 자기 자신으로 충만해진다. 태양이 내 그림자의 윤곽을 그려주고, 바람이 내 몸을 감싸준다. 나는 대기를 가리켜 말한다. 이 공기가 날 되살려줬다고. 그리고 덤불 속의 휘파람새가 내 이름을 불러준다. 나는 여기에 있는 모든 것이라고.

모든 것이 나는 아니다. 아니야. 여기에 다른 사람들이 있다면. 그래, 모든 것은 아니지.

내가 발견한 구슬들은 전에 착용했던 장신구들에 비

하면 얼마나 보잘 것 없는지. 잘 익은 베리처럼 내 목과 손목에 주렁주렁 달려 있었던, 커다란 달걀 모양의 붉고 노란 유리알들은 상아 팔찌와 연노란색이 감도는 실크 가운과 정말로 잘 어울렸다. 그때의 나는 빛났고 흰 이를 활짝 드러내며 웃었다. 그때의 나는 찬란하게 젊었고, 남들에게 과시하기 좋은 대상이었다. 한때는 충만하고 부드러운 내 피부에는 낙인이 찍혀 있지도 않았다. 게다가 할례도 받지 않아 부러움을 샀다. 선망의 존재였다. 너무나 어린 소녀였으니 걱정도 없었고, 당연히 상황을 이해하지도 못했다. 나는 아이였다. 마냥 어린아이. 내 안에 아기를 품고 있을 때조차, 여전히 난 아이였다.

달래는 몸짓으로 날 어루만졌던 여자들을 나는 다행히 기억한다. 그녀들은 나를 둘러싸고 마치 폭포수처럼 말을 쏟아내었다. 쉴 새 없이 주절거렸다. 그녀들의 지시나 억양, 강세는 군데군데 조금씩만 알아들을 수 있었다. 나를 데려가 나의 엄마처럼 상냥히 대해 주고 남자와의 게임을 가르쳐 준 그녀들은 도대체 어떤 사람들이었을까? 나를 매력적으로 보이게 만들 선물도 잔뜩 주었는데, 그때는 그게 나를 위한 선물이겠거니 생각했다. 그래서 그 여자들의 요구에 빨리 만족시키려고 노력했다. 종종 그들은 나를 꾸짖었다. 그들의 입술이 벌어지면 땍땍거리고 삐삑대는 소리가 들렸다. 그렇지만 곧 키스로 내 눈물을 닦아 줬고, 친근하고 요란한 웃음과 함께 나를 무릎에 앉혀 주었다. 그러면 나는 안전함을 느끼는 아이처럼 그들을 다시 사랑했다. 그들의 무릎 사이를 오가며 짤랑대는 팔찌를 만지며 놀았다. 그러면 그들은 놀이와 훈육을 반복했다. 결국 난 그 황홀감과 고통을 모조리 기억했으며, 내면엔 누구의 손도 타지 않은 자아가 온전히 남아 있었다. 나는 그 여자들을 기억 속에서 불러낼 수 있다. 비록 얼굴은 기억하지 못하지만, 그게 중요한 게 아니잖아. 그녀들의 완벽한 애정을 또렷이 기억하니까. 또한 다만 궁금할 따름이다. 그녀들은 지금은 늙고 초라해졌을까? 그렇게 원했던 그 저택에 여전히 살고 있을까? 그녀들의 부드럽고 장난 같은 보살핌을 받았던 많은 아이들 중 한 명으로 나를 기억할까? 우리 모두에게 어떤 일이 일어났는지 궁금하긴 했을까? 아니, 신경이나 썼을까?

그들의 가르침을 난 결코 잊지 않았어. 그러니 필요하다면 지금도 음탕하게 웃을 수 있고, 심지어 고양이처럼 나굿나굿하게 달라붙고, 마음껏 몸을 흔들고, 상황에 맞춰 긴장을 낮추거나 고조시킬 수 있다. 하지만 이제 그런 건 다 쓸데없는 짓이다.

　지금의 나는 바오밥 나무 구멍에서 깊은 잠을 자며 살아간다. 나 혼자 시간을 헤아리며 거기에 맞춰 살아간다. 처음엔 세 개의 구슬로 시작하는데, 차츰 구슬들이 늘어난 덕분에 이젠 가장 마음에 드는 녹색 구슬들을 골라 내가 원하는 배열대로 늘어놓는다. 자, 우선 초록색 하루와 검은색 이틀을 보내고 나면, 그다음엔 녹색 날들의 차례다. 그러다 녹색 날들에 싫증이 나면, 그때부터 기분 내키는 대로 여러 가능한 순서와 숫자를 생각하며 녹색 구슬을 검은색 구슬로 바꾸면 된다. 그렇게 내 일상은 하나의 묶음이 된다. 이건 자연의 흐름 뒤에 숨어 있는 시간의 모호함을 계산하는 방법 중의 하나다. 시간이 나를 겁주고 말살하려 든다. 그렇다면 날짜를 계산하는 체계를 가급적 자주 바꾸면 시간을 속여넘길 수 있지 않을까. 내가 다음에 무엇을 하려는지 시간이 결코 눈치채지 못하도록. 아침 햇살과 새소리에 잠이 깨면 뭘 할 것인지, 언제 어디서 불을 피우는지, 언제 바닥난 물을 길러 갈지, 언제 먹을 것을 찾아 배를 채워야 하는지, 어느 때 졸음에 온몸이 노곤해지는지. 그래서 난 장미빛 석영石英을 보며 꾸벅꾸벅 졸며 꿈을 꾼다.

난 숫자가 고작 세 개뿐인 장난감 계산기가 차츰 지루해지기 시작했고 급기야 나무 내벽에 달아두고 깜박 잊기도 했다. 어느 날 난 여기저기서 도편과 구슬들, 구리선 등을 수집해 폐품 더미에 보태기 시작했다. 더 이상 갈 데가 없어 차라리 병든 게 나았었을 유골들, 항아리를 맞춰볼래도 이가 맞지 않는 옹기 파편들, 성가시게 나무줄기로 엮어 목걸이로 만들어 본들 하찮은 장신구들, 녹슨 구리선을 꼬아 만든 반지, 족쇄처럼 번거롭고 무겁기만 한 폐품들. 아, 이런 이징가미로는 정말이지 할 수 있는 게 없었다. 어쩌면 내가 무덤들 주변을 서성이고 있었던 걸까? 먼지로 뒤덮이고 잡초가 자란 벽 주위를 배회하면서? 내가 떠돌았던 이곳이 한때 안뜰과 광장, 요새, 테라스, 수로, 회관과 판잣집, 집들과 거리들이었으나 세월의 습격을 받은 지금 별 의미 없는 잔해로 변한 것일까? 내가 정처없이 헤매고 다닌 장소들이 실은 작열하는 태양 아래 세월을 보내고 폐허가 되어버린 지역인 건 아닐까? 한편에는 덤불과 가시풀이 무성하며, 다른 한편에는 키큰나무와 덩굴식물로 뒤엉킨 사이로 강줄기가 뻗어 있고, 언덕 꼭대기에는 거대한 둥근 바위들이 환상적으로 층층이 쌓여 평평한 능선을 이루고 있다. 바로 이곳이 나의 바오밥 나무가 우뚝 솟아 있는 장소, 우리가 겁에 질려 멍하니 떠돌고 있는 풍경, 포식자와 먹잇감이 쫓고 쫓기는 현장이 아닐까?

나는 피의 전쟁을 통해 몰살된 것들을 상상한다. 가뭄. 전염병. 그리고 지칠 줄 몰랐던 열정 이면에 붕괴와 체념이 뒤따랐다. 그러고 나면 아무것도 없다. 남아 있는 거라곤 그저 작은 더미들뿐이다. 질서를 통해 영원한 시간의 위험을 쫓는 방법으로 생각했지만 사실 별 도움도 되지 못한 찌꺼기들. 나는 하루를 보내는 길목에서 한낱 하품 한 번으로 반항해 본다. 그건 일시적인 공기 흐름의 변화, 리듬에 종속되는 박자, 영원이 파열되는 순간 출몰하는 유령.

나 스스로를 꾸밀 만한 게 없기에, 지나간 세월에 잊혀진 사람들의 유품을 대신 쓴다. 그건 시간을 응결하고 무로 돌아간들 아무것도 바뀌는 게 없다는 쓰디쓴 현실을 깨닫게 해준다. 한편으로 그런 유품들은 날 기분좋게 만드는데, 그로 인해 사물을 다루고, 궁금해하고, 상상력을 발휘하며, 선대의 다른 기억으로 현재의 기억을 보완해주기 때문이다.

여기에 당도했을 때 굶주리고 너덜너덜해진 내게 남은 것이라곤 기억 뿐이었다. 평원과 계곡을 헤매고, 궁핍에 헐벗고, 자꾸만 더 멀어지는 지평선을 향해 비틀거렸으며, 하루하루 계속 똑같은 풍경, 똑같은 나무에 삼켜지는 듯했다. 그 나무는 자비로운 피난처이자 멋진 쉼터였으며, 사방벽을 둘러치고, 봉긋한 천장과 평평한 마루에다 온통 가지와 잎으로 장식된 거대한 오두막이었다.

2.

나를 여기로 이끈 도깨비불이여, 저주를 받아라. 너희는 내 삶과 다른 이들의 삶을 지나쳐 온 여행자이다. 난 분별을 잃고 무질서와 집착에 눈이 먼 채로 그들의 입술이 움직이는 대로 노예처럼 순종해왔다. 우리의 희생을 조장하고, 고난을 이해하는 매력을 알려주고, 끝내 자신을 살해하게 만든 쓸모없는 지식을 준 그를 저주한다. 오, 말, 말, 전지전능함. 샅샅이 파헤쳐보지만 아무것도 설명하지도 못했던, 동지와 식솔의 배신조차 알지 못했던 자의식이라니. 아, 이성의 무력함이여!

얼룩말나무의 붉은 색 옷을 입은 낯선 이방인은 처음부터 재치로 나를 사로잡았다. 그는 우울한 대화를 밝게 만드는 재담을 많이 알았다. 부유한 홀아비 상인인 내 주인의 집에 모여들어 티격태격 논쟁하는 시인들과 명사들보다 그 이방인이 훨씬 해박했다. 다른 손님들은 세련된 대화를 늘어놓으면서 그 대가로 내가 잘 준비한 식사를 먹고 주인의 예쁜 노예들과 성교를 탐내도 좋다고 생각했다. 물론 주로 보고 욕망하는 게 그들이 허락받은 전부였지만, 무모한 이들은 주인이 딴 데를 본다 싶을 때면 노예들을 희롱하려 들었다. 그렇지만 붉은빛과 푸르른 물빛, 불타는 듯한 주홍색 천을 몸에 두른 이 낯선 남자는 번쩍이는 금목걸이와 가느다란 금 팔찌를 하고서 많은 독서량과 자신감 넘치는 박식을 선보였다. 청하지 않았는데도 그는 응수를 했고, 길고 장황한 이야기를 간결하게 요약했고, 종종 논쟁을 우스꽝스러운 결말로 이끌곤 했다. 그래서 못마땅했던 걸까. 우리의 위대한 영혼들이 그를 꼬드겨 신성모독적인 발언이나 선동을 유도하려고 했지만 그때마다 번번이 실패하고 말았다. 신들은 우리 머리 위에서 굽어 본다. 그리고 똑똑이 보고 알기 마련이다. 낯선 남자는 힘차게 말했다. 선조들은 내버려 두어라. 그들의 기도는 당신이 탈없이 살아갈 때라면 필요 없는 법이다.

그렇지 않나요? 안 그래요? 그 남자는 물었다.

내게 주장을 펼칠 때 그는 정말로 번개처럼 신선하고 참신했다.

부족의 역사를 종교로 승화시킨 사람들의 경험에서 배워야 할 도덕적 교훈들과 더불어, 예언자들과 예언자의 가족들, 온갖 신들을 경외하는 이들이 제각각 올리는 중보기도는 진실로 흥미롭고 또 오래도록 그렇길 바란다. 아침저녁으로 신성을 환기하는 것은 일종의 아름다운 음악이자 서로 공명하는 울림과 같았다. 그 이방인은 음식과 성적인 번식에 골몰한 게 아니라, 자신을 불멸의 존재로 간주하고 즐거운 내세를 보장받기 위한 적절한 태도를 취했다. 다른 이들이야 그러거나 말거나.

그는 상인들한테도 별 신경 쓰지 않았다. 상인들은 그를 융성하게 대접해주었다. 그가 우아한 동작으로 도자기 그릇에 담긴 새우 요리와 참기름과 코코넛 우유를 넣고 끓인 쌀죽을 자신의 오른편에 있는 성마른 시인에게 건네면서, 내게는 미소를 보냈다. 적어도 난 그가 나를 향해 윙크했다고 생각했다.

내 주인이 조소하는 표정으로 나를 쳐다보더니 가까이 오라고 불렀다. 그의 팔뚝은 너무 여위어서 손목에 채운 구리 팔찌가 팔꿈치까지 흘러내렸다. 난 야자부채를 들어 주인에게 부채질을 해드렸다. 그의 윗입술은 땀방울로 축축했다. 오늘밤 그는 또 고열에 시달릴 것이다. 주인은 실제로 병자였고, 내가 이곳에 들어와 가장 어린 첩이 되었을 때부터 서서히 죽어가는 중이었다. 난 그의 얼굴 주변에 있는 눅진한 공기를 흩뜨리려고 부채질을 쉬지 않았다. 주인은 물 한 대접을 마셨을 뿐, 음식을 거의 손대지 않고 남겼다. 자기 앞에 펼쳐진 이 풍요로운 장관을 앞에 두고도 그 부유한 남자는 생명을 할딱거리며 숨을 내뿜는 불쌍한 피조물에 지나지 않았다. 주인의 입과 콧구멍에서 영향력과 권력이 새어나왔다. 앉고 조는 사이 마법에 걸린 듯 눈꺼풀을 살짝 떠 그의 손님들과 노예 소녀들과 자신의 아들딸들이 사치스럽고 자랑스럽게 모여 있는 것을 볼 때면, 주인의 흐릿한 눈동자에는 그간의 기억들이 천천히 재생되었다.

그리고 그의 수척해진 손가락이 잡으려던 것은 무엇일까? 나비? 소금기 어린 미풍? 여인의 웃음?

　이야기가 점차 지루해졌다. 주인은 방으로 옮겨달라고 요청했다. 명령한 게 아니라 요청했다고 나는 말하고 싶다. 실제로 그는 속삭이며 부탁했다.

　둘만 남게 되자, 나는 그를 꼭 안고 달래 주었다, 왜냐면 그는 노쇠함에 반항이라도 하듯 한시도 가만히 있지 않았으니까. 하지만 그러고 나서 난 동정심에 그를 놓고 그의 손이 뭘 움켜쥐려는지 지켜보며 이해하려 했다. 그는 죽음이 그의 주변에 치고 있는 거미줄을 찢으려 했다. 그가 경련을 일으키면, 거미줄은 요동치며 미리 대비하듯 교활하게 일렁거렸다. 거미줄은 점점 더 견고해져 방 밖에서 들리는 소리도 뚫고 들어오지 못했고 걱정하는 사람들의 중얼거림도 빙 둘러친 죽음의 정적 밖에 머물 뿐이었다.

　나는 내 가슴과 포갠 무릎 사이에 그의 머리를 두어 환자가 쉴 곳을 마련했다. 그의 언어로 음란한 이야기를 들려주자, 그는 내 품 안에서 행복한 듯 미소지었다. 쭈그러든 아기라니, 내겐 얼마나 쉬운 출산인가. 난 주인에게 무관심이라는 죽음의 우유를 먹였다. 그건 아편을 끊은 그의

몸에 아무런 해가 될 수 없고 어떤 자비심로부터도 자유로
와지는 그만의 탈출구였을 테니까. 어떤 동정도 그가 떠나
는 시기를 고통스럽게 늦출 뿐이었을 것이다.

　　다음 날 아침 나는 주인의 집 지붕에 있는 가장 높은
테라스에 올라 상쾌한 아침 공기를 마시며 도시와 바다를
내려다보았다. 소형 보트들이 모래 위로 끌어올려져 있었
는데, 그중 몇 척은 조금 전 내가 영원히 이별을 고한 사람
의 소유였으니 아마도 나처럼 처분되겠지. 나와 내 동료인
노예들의 미래는, 남녀 가릴 것 없이, 장밋빛 일출 속에서
보이는 저 작은 배들처럼, 코끼리 상아와 용연향과 철을 쌓
아놓은 창고들, 그리고 지금은 애도에 휩싸인 저 거대한 저
택과 내 발아래 보이는 향기로운 정원처럼, 변덕스런 운명
의 여신에게 맡겨졌다. 오직 가진 자들만이 안전할 테고 나
는 그저 불안한 처지에 있었다. 한숨이 나올 줄 알았다. 기
분이 나아질까 기다렸다. 그때가 바로 그 순간이었다.

　　나는 이 나라의 중심부 출신이라 눈물과 침, 혈관에
흐르는 피, 몸의 모든 액체에 있는 물에 대한 지식을 갖춰
물의 중얼거림에 관해 은연중에 알고 있었다. 내 안의 물
로 열병의 공격을 끌 줄 아는 내가 아침의 고요함 속에서

그렇게 많은 것을 떠올리며 속절없이 울고 있는 이유는 무언가를 애도하기 위해서가 아니었다. 온갖 생각들로 뒤엉킨 실타래가 죽음에 이를 때까지, 나는 흐느꼈다. 압박이 컸던 병실에서 벗어난 후, 내게는 안도의 감정, 미래에 대한 불안, 그리고 아침의 순수함에서 느껴지는 소박한 행복이 찾아왔다.

옷자락으로 눈가와 뺨을 훔친 뒤, 나는 다시 정원으로 내려갔다. 무슨 일이 벌어지고 있는지 알아야 했다. 나는 해안까지 내려간 후 그곳에서—만灣에 정박한 다우[4] 선船에서는 내 부름에 아무런 대답이 없었다—다시 인적 없는 해안가를 따라 하염없이 걸었다. 중요한 인물의 죽음에 의례 그렇듯, 감독이 소홀하고 소란한 틈을 타 내가 사라진 걸 아무도 눈치채지 못하기를 빌었다. 하긴 그들이 알아차린다 한들 무슨 상관일까. 나는 슬픔으로 멍해진 데다, 가슴속 갈망으로 인해 누가 나를 보든 말든 전혀 개의치 않았다. 나의 갈망은 내 심장 깊숙이 숨겨진 단단하고 작은 열매 같았다. 이제 누가 그것을 알아채든 내 알 바 아니었다. 후원자가 세상을 떠난 때부터 그 감정은 이제 유일한 확신

---

4   dhow: 아라비아 반도와 인도양, 동아프리카 지역에서 사용하던 범선.

에 가까워졌고, 앞으로 일어날 일들에 대한 두려움도 잊게 해주었다. 내가 운명을 스스로 결정할 수 있는 지배계급에 속한 여인이었다면, 아마도 시시하고 남들에게 허용될 만한 도주였으리라. 어리석게 사랑에 빠져 유리한 때를 기다려 작은 틈 사이로 보이는 행복을 움켜쥐려는 도주.

그때 난 내가 사랑에 빠진 남자를 찾고 있었다. 그 남자가 무겁고 부유하게 조각된 티크 문 뒤에서 내가 없는 곳에서의 그의 생활에 대해 비밀스럽게 상담하는 말을 들었다. 그리고 그가 모퉁이를 돌아 사라지는 모습을 보았다. 그가 어디에 머물든, 어디를 걷고 있든, 난 그의 냄새가 느껴졌다. 왜냐면 그는 돌아온다고 약속했으니까. 그래, 바람에 부푼 삼각돛 배를 타고 다시 올 것이다. 그러면 상상 속에서 나는 그의 옷자락을 부여잡고 따라갈 것이다. 진흙 바닥에 질질 끌려 부서진 멜론 과육, 모래, 생선 비늘과 지느러미가 잔뜩 묻은 옷자락을 그는 무심코 툭툭 털어낸다. 그리고 그가 어슬렁거리다 시장 여인들 앞에 멈춰 있는 동안, 나도 가장 가난한 사람들이 사는 모습을 구경하느라 정신없다. 구은 생선과 고기가 잔뜩 쌓인 좌판에는 파리떼가 들끓는다. 그의 푸른 바탕 옷에 꼬인 파리떼들은 일정한 무늬를 만들었다가, 이내 물기에 축축한 그의 코와 눈, 이마, 입술 주위를 날아다닌다.

오랜 지인이 발을 질질 끌며 다가와서는 머리에 얹은 질경이 바구니를 꿍 하는 소리와 함께 내려놓는다. 그리고 다리를 길게 뻗어 늘 앉던 그늘에 자리 잡는다. 그는 그 여자와 주변 사람들과 담소를 나누기 시작한다. 그는 무뚝뚝하고 퉁명한 대답이든, 겸연쩍은 대답이든, 어색한 침묵이든 아랑곳없이 귀를 기울이면서, 열정적으로 정보를 알려주고 재치있게 말을 이어간다. 손님도 아니면서 이 넉살 좋은 신사는 나름의 계산을 마친다. 게, 조개, 담치, 손질이 쉬운 먹을 것들, 혹은 고기와 물고기, 땔감에 대해 두루 알아본 후, 그는 그 자리에서 얻은 정보를 이용해 경우의 수를 생각하고, 나중에 그 지식으로 다른 정보를 논박하고 지배자와 선의의 사람들의 모호한 이론에 반기를 들었다. 참으로 그는 주도면밀한 사람이었다. 종종 내게 말했듯, 그는 자신이 이곳을 찾은 이유는 관대한 주인 집에 사는 노예 소녀의 단순한 삶보다 훨씬 복잡한 하층민들의 처지를 알고 싶어서라고 했다.

단순하고 나태했던 나의 생존. 그래, 그 생존은 아마

도 이젠 끝장날 때가 되었다.

　그런데 지금 나는 어디에 있는 거지? 그리고 이 익숙하지 않은 공포의 탄내는 무엇일까? 피비린내. 이 공포로부터 나는 결코 도망치지 못했다. 시력을 흐릿하게 만드는 어지러움을 씻어내려고 나는 손으로 눈을 문질렀다가 금세 후회하고 말았다. 왜냐면 그곳은 내 두 번째 주인이 노예들이 먹을 내장을 사오라고 나를 심부름 보냈던 바로 그 도축장 근처였기 때문이다. 이 지독한 냄새, 그리고 소와 염소의 울음소리가 너무 익숙했다. 내장―잎사귀로 포장한 미끌거리는 심장, 간, 폐, 혀―을 머리에 이고는 자칫 떨어질세라, 난 몸을 숙인 채 똥과 오물이 쌓인 황량한 도축장을 서둘러 떠났다. 칙칙한 야자잎 덮개는 잎이 말라 떨어지고, 가축들은 무릎에 쇠쇠를 채운 채 힘없이 창살에 묶여 있었다. 농담을 주고받는 백정들의 희롱과 도발적인 농짓거리와 음란한 몸짓을 짐짓 모른 채 걸어가면서, 나는 제멋대로 돌아가는 집안에서 이 내장을 어떻게 조리해야 많은 식솔들이 나눠먹을 수 있을지, 또 내 몫의 간은 어떻게 따로 챙길지, 나에게 유리하게 주인 부부가 먹을 밥의 분량을 얼마나 절약해야 할지도 곰곰이 궁리했다.

지붕이 거의 부서진 오두막 두 채에서 우리 노예들은 성별을 가리지 않고 한데 모여 살았다. 동이 틀 무렵부터 밤늦게까지 우리는 향료 상인인 주인을 위해 일했다. 작업에 따라 조가 나뉘어져, 남자들은 해안가의 창고에서 일을 했고, 여자들은 주인집에서 종살이를 했다. 먼 지역 곳곳에서 모인 우리들은 언어가 서로 달랐지만, 차츰 본토박이 말이 섞였고 자연히 일꾼 고유의 말이 생겨났다. 각자 두 번, 서너번 주인이 바뀌었지만, 대부분 여자들은 여전히 젊고 건강했으며 출산할 수 있는 비옥한 육체를 가지고 있었다. 밤이면 땀에 젖은 깔개 위에서 주인에게 다리를 벌려야 했다. 우리 중 일부는 그걸 반겼다. 나는 아니었다. 주인은 우악스럽고 거칠었다. 이런 봉사에서 이미 벗어난 노예들이 되려 난 부러웠다. 남자를 상대하지 않아도 된다는 것만으로도 일종의 자유였다. 아궁이 앞에 서 있는 것도 상관없었다. 살인적인 더위에 망고 나무와 얌 덩굴을 가지치고 정원의 흙을 고르고 괭이질 하는 것도 개의치 않았다. 성질 고약한 주인 아내의 감시 아래서 집을 청소하고, 그녀의 말에 군소리 없이 따르는 것도, 숙소에서조차 우리 사이에 숨은 밀고꾼을 생각해 말을 삼가는 것도 별 문제가 아니었다.

난 나 자신을 철저히 숨겼다. 참을성 있게 불편함을 감수했다. 겁쟁이라서 아무것도 거부하지 않았다. 주인의 깔개 위에 굳은 얼굴로 누운 채, 나는 바다의 소리에 귀를 기울였다. 나는 바위에서 떨어져 나온 굴껍데기와 같았지만 그 속에 내 의지를, 내 얄팍한 자존감의 찌꺼기를 교육받아 온 대로 꼭꼭 숨겼다. 절대 나는 포기하지 않았다. 굴복하지 않았다. 그냥 시간이 흘러가도록 내버려 두었다. 난 기다릴 수 있었다. 주인의 신음 너머로 물결치는 소리에 귀를 기울였고, 그것에 몸을 맡겼다. 나는 바다의 소유다. 모든 형태로 시시각각 변하는 흐름이다. 난 주인의 씨앗을 간직해 내 체액에서 열매를 맺었다. 산통이 왔을 때, 난 무릎을 꿇고 물과 혼인한 땅에 내 얼굴을 가까이 댔다. 그리고 내 몸 밖으로 그 열매를 밀어낸 후, 젖방울이 떨어지는 가슴을 젖먹이 아가에게 대주었다. 내 눈은 미소지었다. 내 입은 굳게 다물었다. 언제나처럼.

커다란 굉음 속에서 겁에 질린 쥐들, 체계의 종속물, 그게 우리였다. 아직 엄마의 젖을 필요로 하는 아기가 팔려갔을 때조차 너무나 고분고분했다. 우리의 과거는 무자비한 학대 내지는 축복의 빈정거림에 불과했고, 우리의 현재에는 전혀 앞날이 없었다. 우리는 모두 교환되고 거래될 수 있는 똑같은 여자였다. 그래서 우리는 서로를 위로하고, 서로의 아이를 공유하고, 서로의 두피에서 이를 잡아 주고, 서로의 옷을 나눠 입고, 노래를 함께 부르고, 함께 숙덕거리고, 함께 불평했다. 미래는 없었다. 한 번은 누군가가 도망치려고 시도했다. 결국 그녀는 잡혔고 다리가 잘렸다. 두 번째로 또 다른 사람이 시도했다. 그녀는 도망쳤다. 거세당한 노예들은 주기적으로 버려졌다.

그런데 도시로부터 도망친 자들이 거대한 늪지대 한가운데 모여 산다는 이야기가 돌았다. 도망친 노예들은 그곳에서 흙집을 짓고 사냥으로 먹고살며 지독한 더위와 고독과 싸우다 결국 자유민으로 죽는다고 했다. 또한 그들이 우두머리와 조언자를 내세우고 고유한 통치 체제를 세웠으며, 모기와 거머리가 들끓는 늪지가 오히려 추격을 피하는 안전한 피난처가 되어줬다고 했다. 오직 비법을 전수받은 이들만이 늪지로 통하는 비밀 통로를 알았다. 정부 당국이 도주 노예를 데려오려면 큰돈이 드는 데다 한 번 도망친 자들은 항상 말썽을 일으키고 불평하며 반항할 테니 그런 반항적인 영혼은 차라리 황무지에 내버려두고 잊는 게 상책이라고 생각하고 눈감아주었다. 어찌 됐건 신선한 노예들이 내륙에서 계속 충당되었으니 말이다. 그리고 거세 노예들은 노예 여자들을 무리에 받아들이지 않는다고도 했다.

하루는 여지껏보다 더 거센 폭풍이 불었다. 열기가 나를 덮치는 것처럼 느껴졌다. 게처럼 눈이 튀어나와 말뚝 위에 매달린 듯했다. 모래와 유리 파편들이 돌출된 눈동자를 긁어낼 것 같은 불안감에, 나는 손바닥으로 눈두덩이를 꽉 눌렀다. 너무 무겁고 너무 연약한 두 눈동자를 두개골 속에 다시 밀어넣으려 애썼다. 머릿속에서 두 눈이 심하게 맥박치고 흔들려서 눈꺼풀을 뜨려 해도 아무것도 볼 수 없었다. 느껴지는 건 오로지 열기뿐이었고, 모든 게 구르고 들썩거렸다. 아무것도 들리지 않았다. 오직 칠흑 같은 공기가 나를 향해 다가왔다가 멀어지면서 나를 이리저리 밀고 당기며, 돌풍을 일으켰다. 내 눈앞에 모든 것을 현란하게 바꾸는 번개가 보였다가, 순식간에 모든 게 다시 어두워졌다. 결국 나는 방향을 완전히 잃고 혼란에 빠져버렸다. 그때 아무것도 없던 곳에서 홀연히 덜 익은 오렌지 나무가 보였다. 회색 구름은 볏이 달린 제비갈매기 떼처럼 보였다. 두 번째 몰려온 구름은 반짝거리는 정어리떼였다. 공중에서 물고기들이 비처럼 내리고, 해파리들이 떨어지고 온갖 잡동사니들이 요술처럼 쏟아졌다. 그리고 오두막 속으로 바람이 거세게 휘몰아치자, 갑자기 한계에 달한 집 기둥이 폭삭 무너졌고 모든 것이 산산이 흩어져버렸다.

그리고 바람이 온갖 부유물과 가벼운 물건들과 함께 나를 잡아채기 직전, 나는 비탈길을 따라 거의 기어가듯 전진하려고 버둥거렸다. 나무, 기둥, 문짝, 건물의 구조물에서 또 다음 구조물로 천천히 몸을 옮겨갔다. 이러다 공중으로 날아가서, 껍질이나 넝마처럼 소용돌이에 휩쓸려 영원까지 올라갈 것만 같았다. 바다가 요동쳤다. 스스로 사투라도 벌이듯, 바다는 갈라지고 충돌하고 한덩어리가 되어 하늘 높이 치솟았다가 천둥 같은 물벼락을 육지에 내려꽂았다. 파도가 도시의 판잣촌과 무성한 나무들을 휩쓸고, 부자들을 위한 전용 돛단배와 소형 선박들을 내동이쳐 산산이 부서뜨린 후 그들 정원의 야자수와 장미넝쿨 사이로 휘몰아갔다. 세찬 바람이 새의 유령인 양 나무 뒤에 숨으려는 돛을 낯선 내륙 안쪽으로 몰아냈다.

이윽고 그 파괴의 현장에서 바다가 쉭쉭거리며 물러나고, 드디어 거품 이는 고난의 숨결 속으로, 우울한 고요의 한가운데로 가라앉았다. 바람도 마찬가지로 잠잠해졌다. 사방은 곧 고요해져 흐느낌만으로도 뒤흔들 만큼 적막해졌다.

이 불안정한 평화는 아주 잠시만 지속되었다. 후두둑 소리를 내며 잔해가 비처럼 쏟아지기 시작했다. 조류와 바람이 반대 방향으로 충돌하면서 아까의 짧았던 고요를 완전히 잊어버린 듯 억수 같은 잔해들이 부풀어 올랐다가 흩어지기를 반복했다. 퍼붓는 비와 파도의 포말들이 세차게 낙하하며 거리의 표면을 곰보 자국처럼 망쳐 놓았고, 물줄기가 바람이 미처 휩쓸어 가지 못한 것들을 수색하려는 듯 도랑을 이루며 싹싹 쓸고 갔다. 철저하고 단호하며 격정적인 비. 임무를 수행하는 폭풍우.

누군가는 내 신음소리를 들었을까. 내가 쿠두베리 나뭇가지에 깔려 낑낑거리는 소리를. 내가 항상 단호하게 무시하고 그 정령의 호의를 구한 적이 없어서인지, 그 나무는 폭풍의 명령을 쫓아 나를 희생 제물로 바치려 했다. 내가 내 안에 살고 있는 것을 제외하면 모든 정령을 무시했기 때문에. 어쩌면 내가 더 잘 알지 못했기 때문이었을지도 모른다. 가진 것 없는 내가 이 지역의 제의가 별게 없다며 고집스레 반항했기 때문일지도 모른다. 내가 내 안에 살고 있는 정령을 위한 고유한 제의를 멋대로 만들었고 사전 지식도 없이 하얀 조개와 검은 조개들을 주워 모았기 때문일지도 모른다. 아, 땅의 정령, 집의 정령과 대기의 정령을 달래고, 속죄의 제물을 바치고, 운을 맞춰 주술을 중얼거리며 나무의 정령을 달래거라. 그래야 정령이 네 소리를 듣고, 네 희생의 몸짓을 알아차리고, 너를 굽어살필 테니까. 그리고 말할 때는 반드시 주의하라. 아냐, 그건 내게 의미가 없다. 나는 그 몸짓들을 보고 미소짓는다. 난 거리 곳곳에 심겨진 쿠두베리 나무들을 무심코 지나쳤다. 결국 저 나무들은 오로지 찬연한 가을의 색깔 때문에 심겨졌을 뿐이지 나를 위해 자란 게 아니다. 나는 고개를 빳빳이 세우고 나무들을 지나칠 뿐 아무것도 바치지 않을 것이다. 절대로. 한 여자가 나무 앞에서 머리를 조아리며 굵은 나무둥치 옆에 시든 기나나무의 풍성한 잎새와 수수 알갱이 한 줌을 경건하게 바치며 뭔가를 중얼대는 걸 보며 나는 웃었다. 난 이 세상의 어떤 나무 정령을 위해서도 절대 중얼거리지 않았다. 내혀는 오로지 나와 내 혀, 내 입을 위한 것이고, 나 자신은 오롯이 나만의 것이다. 나는 쿠두베리 나무의 회갈색 줄기에 귀를 대고 나무의 정령이 무슨 말을 하는지 귀를 기울여 보기도 했다. 하지만 들리는 거라곤 나무가 끙끙거리며 나이테를 서서히 팽창하는 소리뿐이었다. 나무는 축복을 구걸하는 어수룩한 바보들한테든, 갑자기 머리를 들이민 나한테든 달리 들려줄 이야기가 없을 거라고 난 진작부터 알고 있었다. 나 스스로 나무의 정령이라 생각하게 된 때보다 훨씬 오래 전부터 품어왔던 지론이었다.

바로 집 앞에서 일어난 사고에 대해 듣자, 내 후원자는 노예를 보내 나를 구해주었다. 그러고 나서 내게 농담을 했다. 쿠두베리 나무가 네게 벌을 준 거야. 그는 노예들의 거처에 내가 쉴 곳을 마련하고 부러진 뼈가 아물 때까지 머물도록 해주었다. 그렇게 해서 두 발로 설 수 있을 정도로 내 몸이 회복되기도 전에 그는 나의 세 번째 주인이 되었다.

그는 내게서 기쁨을 찾았던 게 틀림없다. 그래서 난 그에게 쾌락을 주어야 했다. 어느 밤엔가 그는 우연히 돌보게 된 환자의 상태를 보려 처소에 들렀는데, 내가 쿠두베리 나무에 관한 미신을 비웃는 소리를 듣고 놀란 듯했다. 그리고 내 짧은 과거—이 도시에 사는 노예 소녀들 대부분의 역사처럼 완결되고 지루한 이야기―를 캐물었다. 아주 짧고 간단한 거래를 통해 그는 나를 샀다. 그때부터 내 거처는, 겸손하게 말하면, 도시 저지대와 바다가 내려다보이고 먼 채석장에서 가져온 돌로 테라스 지붕을 덮고 잘 가꾼 부속 정원까지 딸린 깔끔한 별채로 정해졌다. 그렇게 고급 주거지에서의 생활이 시작되었다. 내 후원자는 종종 나를 불렀다. 우리는 대화를 했다. 밤이 오면 그와 함께 잠을 잤다. 그는 내게서 색다른 매력을 발견했다. 단순한 성교뿐만 아니라 내게 옷을 벗고 조용히 이야기를 하라고 시킬 때가 더 많았는데, 그럴 때면 그는 마치 예쁜 노을이나 그런 비슷한 것을 바라보듯 나를 보았다. 그는 자신의 아들이 키우는 서벌 고양이를 볼 때와 비슷한 느낌이랄까. 주인이 한바탕 열병이라도 앓을라치면, 그의 곁에 머물 수 있는 사람은 오직 나뿐이었다. 나는 주인 곁에 가만히 앉아서 부채질을 해주었다.

두 번째 주인을 같이 모시던 동료 노예들은 당시 비참한 처지였지만, 그들을 위해 애도할 기회가 내겐 없었다. 허리케인이 나를 선택한 것은 우연이었다. 난 내게 덮친 불운을 받아들였을 뿐이다. 뭔가를 바란 적도, 낙심한 적도 없었다. 과거의 어떤 일로 흥분할 수 없었고, 사실 구태여 말하고 싶지도 않았다. 그건 시간 낭비일 뿐이다. 왜냐면 난 나 자신에게 홀딱 빠져 있었기 때문이다.

이제 처음으로 나는 내 자신과 다른 사물들로부터 아름다움을 발견했다. 한 다발의 꽃, 부드러운 동석으로 새긴 조각상, 옥으로 만든 족쇄와 반지르르한 도자기, 인디고로 물들인 바틱 천과 숨결만큼 가볍거나 묵직한 금실을 섞어 짠 비단들. 마치 다시 말하는 법을 배우는 것 같았다. 난 나이든 노예로부터 배운 정교하고 복잡한 자수에 빠져들었고, 또 손님들이 가득한 연회장에 그릇을 차려내고 식사를 대접하는 일에도 익숙해졌다. 특히 마지막 대목에서 뛰어났다. 나는 꽤 다른 방식으로 대화하는 법을 배웠는데, 말끄트머리에 살짝 쇳소리로 비꼬기도 하고, 좌중에 화살촉이 한꺼번에 날아들 듯 날선 대화가 이어질 때 비둘기처럼 나긋나긋한 목소리로 분위기를 풀 줄도 알았다. 또한 체념하며 웃음짓는 법을 배웠다.

무엇보다 난 매력적으로 보이는 법을 익혔고, 그걸 십분 활용하면 내 은인이자 소유주의 방에서 상당한 위력이 있음을 알게 되었다. 그는 내 왼쪽 팔에 딱 맞는 상아 팔찌를 주었고, 난 부끄럼 없이 그걸 모두에게 자랑했다. 종종 주인의 기분이 괜찮아 보일 때면, 나는 다른 노예 소녀들의 눈에 띄는 결점을 샐쭉거리며 지적했다. 가는 종아리, 울퉁불퉁한 어깨, 빠진 이빨, 비율이 맞지 않는 가슴, 주걱턱, 침팬지처럼 거친 손가락 등등. 주인은 내 말에 즐겁게 동의하면서도 그러한 결함은 사소한 것이라 쾌락의 침상에서 별 차이가 없다고 주장했는데, 그래도 내 말이 마음에 남았는지 그는 그녀들을 잠자리용 깔개라고 부르곤 했다. 하지만 내가 그에게서 받은 건 팔찌 하나뿐이었다.

그럼에도. 그럼에도. 내 삶은 빛났다. 난 코코넛 오일로 살갗을 문지르며 흥얼거렸다. 나중에 가서야 나는 그가 자신에게 봉사하는 노예를 두 종류로 고른다는 걸 알게 되었다. 한 종류는 외모로, 또 다른 종류는 기꺼이 봉사하는 태도를 보고.

그런데 종종 나를 괴롭혔던 우울함의 원천은 무엇이었을까? 테라스에서 다우 선과 작은 배들이 드나드는 반짝이는 해안을 내려다봤을 때, 지붕에서 흐릿한 지평선을 쳐다보며 갈매기의 날카로운 울음소리에 겁먹으며 내 안에 있는 어리석은 불안 때문에 멍해졌을 때, 나는 왜 두 손으로 얼굴을 가리고 있었을까? 무엇 때문에 슬픔을 느꼈을까? 부유한 홀아비이자 으뜸가는 시민이 주인으로서 내게 애정을 베풀고, 서늘한 이끼처럼 시원하고 부드럽게 나를 보호하고 편안하게 보살펴 주었다. 지금 내가 살고 있는 이 느슨한 관계 속에서 나는 안정감을 느꼈을뿐더러 아무런 제약 없이 재능을 펼치고 있었다. 그런데 새로운 인생의 막이 빛나는 걸 예감하는 순간에, 왜 내 두 눈에 눈물이 솟았으며, 왜 화려한 도시는 눈물에 굴절되어 흔들리고 있을까? 왜 나는 얼굴을 가슴에 파묻고 있을까? 왜 자기 자신이 보잘 것 없는 존재라고 생각하며, 어두운 구석에 몸을 숨기고 부름을 받을 때마다 없는 척하려 했을까?

난 딱정벌레처럼 앉아 흐느꼈다. 울음을 꾹 참느라 언제든 폭발할 것 같았다. 멧돼지의 코가 있으면 땅을 파고 숨어들 텐데. 아니면, 나무껍질을 파내고 감쪽같이 납작 숨어 있을 텐데.

그건 내게 아주 익숙한 기분이었다. 그래, 아주 오래 전부터 익숙했다. 친애하는 바오밥 나무여, 네게 정직하게 고백하자면, 여기서도 과거와 똑같은 기분을 느낀다. 나의 친구이자 고향, 요새, 수원지, 약상자, 꿀단지, 나의 피난처여. 어쩔 도리가 없는 상황에서 거처를 옮기기 전까지 마지막으로 내가 의지할 곳, 나의 중심, 내 감정이 폭발하지 않도록 지켜줄 보호자여. 네가 잎을 떨군 후에 농축된 겨울눈, 여름의 생기를 주는 흔들리는 잎과 꽃의 둥근 지붕, 그리고 시큼한 씨앗—그 회녹색 잔털이 아직도 피부를 간지럽힌다—을 내 뺨에 부비고, 꼬투리를 불에 구워 탐욕스럽게 먹어치운다. 너로부터 열매를 맺고 말없이 기다리며 땅을 향해 뻗은 충만감이여. 너는 나를 보호하고, 나는 너를 경배한다. 다시 말해 들쥐와 내가 네 안에서 거주하고 있지만, 오직 나만이 너를 경배한다. 그래, 오직 나만이.

　　내가 글을 쓸 수 있다면, 고슴도치의 가시를 뽑아 너의 거대한 몸통 위에, 저 꼭대기부터 바닥까지 꽉 채워 글씨를 새길 것이다. 가지가 뻗는 저 끝까지 기어올라가 너의 팔뚝에 눈금을 새겨 너를 웃게 만들 것이다. 크고 작은 글씨들, 잔뜩 멋부린 글자들로, 네 둘레를 따라 줄줄이 쓰고 또 쓸 거야. 왜냐하면 한 나무로 향하는 여정이 되었던, 새 지평선으로 가는 여행에 대해 할 말이 너무나 많으니까. 오, 난 시인들로부터도 많은 것을 배워서 시작법에 능숙하고 시편과 서사시를 짜깁기하는 데도 익숙하다. 리듬감 있게 멈췄다가 생각을 다시 펼치며, 너의 줄기를 따라 돌고 돌며 마침내 우리가 집착할 수 있는 모든 것이었던 미친 열망의 시적 역사를 펼칠 거야. 그렇게 해서 너는 물질적인 것들을 모두 벗어던지고 과거의 불필요한 짐을 지탱해 왔던 힘겨운 노력으로 우리 자신을 쇠약하게 하고 끝내 지쳐 죽게 한다.

그래서 난 우리의 환각으로 한 줄 한 줄 써내려갈 것이다. 그러면 너는 이 우스꽝스러움을 소화하고, 더 자라나서, 매끄럽게 만들고, 어느 날엔가 저절로 타오르는 그날까지 네 두꺼운 피부 속에 이 쓸모없는 정보를 깊이 간직하겠지. 그러면 나는 고슴도치 가시를 내려놓고 뒷짐지고 물러서서 내 수작업의 결과를 만족스럽게 바라보겠지. 오, 바오밥 나무여, 너는 내 상처로 가득하구나. 내가 그토록 많은 상처를 품고 있었는지 나도 미처 몰랐구나.

그래, 내가 글자를 쓸 수 있다면. 그렇다면 우울함이 나를 집어삼키고 말겠지. 지칠 대로 지친 나는 강가로 가서 차갑고 친자매 같은 강물 소리로 내 존재를 가득 채우고, 비둘기나무와 해안금엽나무의 부드러운 향기로 기운을 차릴 거야. 그리고 원숭이 덩굴과 늘어진 양치식물과 축 늘어진 잎사귀들이 마구 뒤엉킨 곳을 찾아가 휴식을 취할 거야. 하루의 낮과 밤을 온종일 지새면서.

그런데 성소를 더럽히는 원숭이들은 늘 있는 법이다. 동물들이 본성의 한계를 넘어서 나와 동등한 수준에서 접근하려 들면 얼마나 짜증이 나는지. 예를 들어, 워터베리 나무의 꼭대기에 있는 사망고 원숭이 무리가 그렇다. 그들은 내게 무시라도 당한 것처럼 굴었다. 아무 무리에도 속하지 않은 나를 위협과 경고로 내쫓아야 하는 상대처럼 굴었다. 정말이지 무례하게 쳐다본다. 그리고 적의를 드러낸다. 나를 절대 인정할 수 없다는 의사를 분명히 표시한다.

내 후원자가 기르던 회색 앵무새도 그랬다. 작은 눈에 담긴 냉정한 불만, 조롱과 조소. 그 새가 하는 아침 인사라곤 꺼지라는 소리뿐인데 그때마다 눈알은 점처럼 작아졌다. 그 새는 앞뒤를 바꿔 말했으니 애시당초 아무 말도 하지 않은 것이나 다름없었다. 새장은 항상 엉망이 되었고, 온갖 소음을 일으켜 집안 사람들을 깨웠다. 공기를 가르는 휘파람을 불어 조용히 시키려 하면, 그 새는 내게 맞서려 들었다. 결국은 죄수인 앵무새가 승리를 거뒀다. 하찮은 지능으로도 앵무새는 승리하는 법을 배운 반면, 나는 낙담해서 갈팡질팡하며 상처받은 속내를 드러냈고 신랄한 어조로 자기 방어를 했다. 여전히 집에 살고 있는 두 아들과 딸에 대해서 내가 뒷담화를 하는 바람에, 나는 노예들 사이에서 기피받는 존재가 되어버렸다.

나와 잘 길들인 서벌 고양이와의 관계는 완전히 딴판이었다. 얼마나 자주 용기를 끌어모아 새장에 걸어둔 낚시줄을 살짝 잡아당겨 앵무새가 날아가버렸으면 했는지. 오, 그런데 이 멍청이 같으니. 수풀 뒤편 어딘가에서 서벌 고양이가 갑자기 뛰어 올라 그놈을 때려 기절시켰다. 그리고 고양이는 그놈을 입에 넣고 회색 깃털과 붉은색 깃털만 하나씩 남겨놓고 갈기갈기 집어삼켜 버렸다. 앵무새의 종말.

정원 아래에 얼룩 고양이가 어슬렁 걸어다녔다. 고양이는 덤불의 경사면과 발치에 흩어진 자주빛과 벽옥색과 검은색 꽃잎에 뺨을 문대어 코 끝에 회색 나무껍질 조각이 달라붙었다. 고양이는 깜짝 놀라 재채기를 했다. 그런 다음 가볍게 뛰어 올라 포장된 길을 가로질러 마음에 둔 대상을 향해 확실히 움직였다. 내가 부르는 소리 따위는 전혀 관심이 없었다. 고양이는 앞발로 도마뱀을 겨냥했고 그다음에 뭘 할지 잠깐 고민하는 것 같았다. 먼저 나를 올려다 본 뒤,

고양이 특유의 무심한 척하며 먹이를 노려봤다. 나는 고양이를 주시했다. 그 변화무쌍한 눈동자를 오래 쳐다보며 우리가 같은 혼을 공유한다고 상상할 수 있었다. 그런데 고양이가 혀를 말아 올리며 크게 하품을 하는 모습이 끔찍할 정도로 잔인해 보였다. 그 환상은 우리가 놀이친구가 아니며 서로 거리를 둬야 한다는 걸 깨닫게 해주었다. 나는 그 거리를 지키겠다고 약속하며 고양이의 털을 쓰다듬고 귀 뒤를 긁어 주었다. 검은 코의 상냥한 친구야, 너의 자만이 나를 즐겁게 했다. 어쩌면 우리는 네가 생각한 것보다 더 많은 공통점이 있나 보다.

서벌 고양이는 새끼 때부터 주인의 막내 아들에게 선물로 주어졌는데, 아마 소년은 야생 동물을 취미삼아 수집했던 것 같았다. 당시는 막내 아들의 관심이 주로 낚시로 옮겨갔기 때문에 아침부터 늦은 저녁까지 비싼 쾌속 보트를 타고 나다녀서 집에서 그를 볼 일은 거의 없었다. 하지만 그가 집에 있을 때, 난 그의 완벽하게 건강한 강인함과 소년다움을 즐겼고 또 그의 온갖 장난도 받아줬다. 개구쟁이 청년은 가장 매력적일뿐더러 취미에 관한 한 너무 진지하고 예민해서 웃음이 나올 정도였다. 그의 아버지가 낚시를 직업으로 허락할 리는 없을 테니까 확실히 취미라고 불러야 할 것이다. 혹시나 어업이 가족 사업의 한 분야로 인정되어 부유한 집의 자손에 걸맞게 사업에 뛰어든다면 모를까, 그 소년이 가난한 낚시꾼이 되어 그물질을 나갈 리는 없었다.

이제 내가 왜 우울했었는지 알 것 같다. 난 그 행렬을 목격했었다. 글쎄, 이제나저제나 그들이 나타나리란 것은 예상하고 있었다. 축복받은 날이면 그들은 내가 보지 않겠노라고 스스로 맹세한 것들을 보기 위해 자신들이 태어난 뿌리로 돌아가고 싶어 했다. 그 끔찍한 행렬은 초조할 정도로 느렸다. 저 멀리서 다가오고 있는 그들을 보며, 나도 모르게 매료되어 지켜보고 있었다. 그 망가짐의 징표들은 내 혼을 갈아버렸고, 절망적으로 응시하게끔 했다. 매시간 그들의 무기력한 운명을 떠올리고 내 연민을 억누르고 잊어버리기 위해 그들에 관해 억지로 농담을 해야만 했다. 주거지로는 적합하지 않은 덤불과 골풀숲 사이에서 그들이 모습을 드러냈을 때부터 거리의 그늘과 햇살이 교차되는 곳에 당도할 때까지 나는 차마 시선을 돌리지 못했다. 종종 시야에서 벗어날 때도 있었지만, 난 그곳 지리에 너무 익

숙했던 터라 어느새 내 눈길은 내키지 않아도 그들이 나타
날 곳에 닿아 있었다. 행렬의 선두에는 무장을 한 용병 남
자들 몇 명이 마치 사냥감처럼 맨발로 걷고 있었고, 그 뒤
로는 노예사냥꾼이 앉아 있는 가마처럼 생긴 것을 두 명의
포로가 어깨로 떠받치며 가고 있었다. 그동안 길고긴 수풀
을 지나오면서 반쯤 졸고 있었던 우두머리는 이제 동이 트
는 가장 중요한 순간이 되자 완전히 깨어 있었고, 그 뒤에
는 쇠사슬에 묶인 노예들이 줄줄이 따라가고 있었다. 노예
들은 표범 가죽, 코끼리 상아, 코뿔소 뿔과 식량을 머리에
이고 있었는데, 쇠로 된 목줄에 피부가 긁힐 때마다 그들
의 얼굴도 일그러지곤 했다. 또 젊은 여자들과 어린 소녀들
은 더 가벼운 쇠사슬에 줄줄이 묶인 채 그 뒤를 따르고 있
었다. 그렇게 그들은 운명의 장소를 향해 내키지 않는 걸
음을 옮겼다. 행렬 뒤쪽에는 무장한 사람들이 보초를 서며
뒤따랐다.

　난 그들을 따라갔다. 사실 어디로 갈지 알 수 있었다.
샛길과 골목으로 이어지는 지름길을 지나고 공터를 가로
질러 그들보다 앞서 바닷가 근처의 광장에 도착한 후, 먼지
가 뽀얗게 쌓인 아주까리나무와 듬성듬성한 수풀 뒤에 숨

었다. 새로운 노예의 배송은 평상시대로 진행되었고 누구도 큰 관심을 두지 않았다. 오직 나만이 뜻하지 않게 지켜보고 있었다.

철그렁 소리와 함께 나와 함께했던 동료 노예들이 도착했다. 내 자매와 같은 풋내기 소녀들, 더 이상 남자도 인간도 아닌 거세된 청년들, 내륙 깊숙한 곳에서 벌인 전투의 생존자들. 나와 같은 동족이거나 절반의 피가 섞인 동족은 딱할 정도로 강인하고 건강한 상품들로 굴종을 강요받았다. 그들은 잠시 서 있거나 앉아 있도록 허락받았다.

가마가 내려졌다. 노예 사냥꾼은 뻣뻣하게 일어서 몸을 쭉 폈다. 기분 좋게 기지개를 하더니 그는 가마에서 걸어 나와 무화과주 한 사발과 대마초 담배를 나누며 거래를 논의하기 시작했다. 언뜻 보기에 그는 노인 같았다. 뺨 가장자리에 회색 수염이 나 있었다. 바닷바람에 기운을 차렸는지, 먼 해안까지 오는 어려운 일들을 끝내버렸다는 안도감에서인지 그의 걸음은 터덜터덜 빨라졌다. 경호원들은 제 자리를 지켰다. 그들이 여기 와 본 적이 있었을까? 노예의 수량은 다 채웠는지, 오는 길에 얼마나 많은 노예들이 지치고 쇠약해져 상품 가치가 없어졌다는 이유로 버려졌을지, 늦지 열병에 쓰러진 사람은 몇이나 되는지, 또 반항하다가 살해당한 사람은 몇이나 되는지 난 의문이 들었다. 남은 이들은 이제 땅바닥 위에 주저앉아 입을 다물고 있었다. 몇몇 경호원도 땅바닥에 앉아 있었다.

해안에서는 개구쟁이들이 귀상어의 사체에 대고 모래를 차고 있었다. 아이들은 개처럼 짖고 으릉거리며 귀상어의 사체를 뛰어넘으며 우르르 몰려다녔다. 그들은 기뻐 웃음을 터뜨렸다. 딱딱한 시체에 곧 관심을 잃었는지, 아이들은 다른 놀거리를 찾아 해안을 뒤지다가 이내 방향을 바꿔 얕은 여울에서 첨벙거리며 거품 이는 파도를 쫓아다녔다. 공기 중에 짧은 행복감이 흩어졌다. 또다시 무더운 고요함이 찾아왔다.

며칠 전 나는 그늘마다 생선을 말리는 살창이 줄줄이 늘어선 해안가에서 귀상어가 경련을 일으키며 꿈틀대는 걸 보았었다. 귀상어는 하늘로 헤엄치려는 듯 모래사장에서 몸통을 할딱였다. 종종 한쪽 눈이 모래에 묻혔다가 반대로 뒤집혔다. 한쪽 눈은 운명을 봤고, 다른 한쪽 눈은 희망을 곁눈질했다. 그 불확실성 속에서 불쌍한 귀상어는 사투를 벌이고 있었다. 간헐적인 경련은 죽기 직전에 격렬해졌고 두 눈은 세상을 이등분했다. 죽어가면서까지 상어는 몽롱한 가운데 살길을 찾겠다고 서로 다른 절반을 화해시켜야 했을까? 꿈틀거리는 상어의 머리는 자신을 죽음 속으로 더 깊게, 더 깊게 파묻을 뿐이었다. 왼쪽이나 오른쪽이나 회색 유령처럼 죽음이 지키고 섰으니 달리 선택의 여지가 없었다. 하지만 아마도 상어는 제 죽음을 날조하며 차라리 아무것도 보지 않는 것을 선택했을지도 모른다. 어떠한 색조도, 티끌도, 실체도 보지 않는 것.

　　나로서는 새로 도착한 이들에게 기운차릴 무엇을 건네지도 못했다. 이전에 그러려다가 쫓겨난 적이 있었으니까. 어쨌거나 난 가까이 다가갔다. 노동자들의 언어로 그들을 부드럽게 환영하며 위로의 뜻을 전했지만, 아무도 내 말을 듣거나 이해하지 못한 것 같았다. 그래도 내가 계속 말을 건넸던 것은 달리 무엇을 해야 좋을지 몰랐고 더 효과적인 방법도 없어서였다.

　　난 그들에게 내 출신에 대해 아는 것을 전부 말했다. 내 빈약한 세월을 간추려 말했다. 내게 일어났던 사실들을 그저 끼워 맞춘 것들로, 여정의 시작부터 끝까지 공포로 점철된 기억이 고작이었다. 공포에 대한 내 지식은 넘쳐났다. 공포가 내 핏줄 속에 흘러와 마침내 내 안에 살고 있음을 느꼈다. 그 후로 나는 공포의 냄새를 맡았고 공포의 눈을 통해 숲과 들판이 유독물질로 뒤덮이는 걸 보았다. 공포의 귀를 통해 소리를 들었는데, 그 신음, 심지어 침묵마저 그르렁대는 소리에 내 뺨이 쓰라렸다. 아, 어쨌거나 공포란 사건의 감별자가 아니다. 공포는 모든 것을 파괴한다. 그건 여전히 건재해서 결코 핏자국을 남기지도 않는다. 모든 것이 공포를 찾아 왔다가 그 앞에서 얼어붙는다. 공포는 그 점을 잘 알고 있다.

난 알지 못한다. 내가 아는 거라곤 이것뿐이다. 꿈속에서, 꿈을 통해서는 공포를 누그러뜨리고, 그것을 해롭지 않은 것, 이름 없는 것, 형태 없는 것으로 바꿀 수 있다는 것. 그렇지만 그러려면 그 방법을 배워야 했다. 그것은 고통의 산물이었고, 지금도 난 그 작업을 계속하고 있다.

내가 아는 사실은 이 사람들처럼 난 저주받지 않았다는 것이다. 내가 도착했던 날에 듣기로는, 나는 노획된 유일한 소녀인데 쇠사슬에 묶이지 않고 다른 사람들과는 달리 떠돌다가 바닷가에 앉아 하얗고 검은 조개를 줍고 있었다고 했다. 그러니 나는 바다에 속한다. 나는 무엇이 공기를 물로 바꾸는지 알고 있다. 그러면 그들은 비가 오기 시작한다고 말한다. 비, 보슬보슬 내리는 비.

저주받은 사람들로부터 난 등을 돌렸다. 여기서 난 가장 부유한 사람의 수석 노예였다. 다른 정실 부인들보다 힘이 더 세다. 안락한 사랑이 내 삶을 규정해준다. 다른 사람의 어리석음에 대한 게으른 품평, 그게 주인을 팔로 감싸안고 줄 수 있는 즐거움의 상징이며, 동시에 나를 곧잘 모욕하려는 사람들에 대한 꾸짖음이다. 우울감이 자주, 너무 자주 찾아온다고 해도, 이를 꽉 악물어야 한다. 우울증이 날 지배하도록 두어선 안 된다. 내 생존은 화려했고, 내 주변은 생기와 흥분에 가득했고, 분수 바닥에 깔린 조약돌 위로 쏟아지는 빛나는 물결이었고, 비밀스러운 우물물이 입술에 주는 축복이었고, 바닷물이 베푸는 은혜와 힘이었다.

배를 깔고 엎드린 아기가 휘어진 척추를 똑바로 세우려고 애쓰는 것처럼, 귀상어는 그렇게 몸부림을 쳤다.

황급하게, 충동적으로 나는 죽은 상어에게 달려가 손으로 모래를 덮어주었다. 그리고 그 작은 무덤 앞에 주저앉아 하염없이 울기 시작했다. 어떤 것도 위안이 되지 못했다. 울음을 멈출 수가 없었다.

바오밥 나무에서 살게 된 이래로 그토록 비통하게 울어본 적이 또 있었을까. 버럭 화를 낸 적은, 그래, 종종 있었다. 초기에 좌절감에서 그런 적이 많았다. 불을 피우려고 안간힘을 쓰는데 문지르던 나무가 뚝 부러져서 튀어나가고 불꽃조차 나지 않았을 때. 혹은 도구도 없는 멍청한 문명의 산물인 내가 비비원숭이와 흑멧돼지가 다니는 길에서 덩이줄기—인간 세상에서는 아주 예외적인 경우에나 음식으로 취급되는 괴경—을 찾다가 결국 위경련으로 고통에 몸부림쳤을 때도 그랬다. 그래, 그때 메뚜기도 먹었다. 호저와 개코원숭이가 놓친 히드노라 꽃을 우연히 발견했을 때는 기뻐 날뛰었다. 지독한 냄새는 아랑곳하지 않고 땀을 뻘뻘 흘리며 열매를 파냈지만, 입에 넣는 순간 그 끔찍한 사향냄새 나는 갈색 덩이를 토하고 말았다. 생각만 해도 구역질이 난다. 대신 풀줄기를 뽑아내 즙이 있는 하얀 아랫부분만 골라 씹었다. 새들의 알을 훔치려고 해봤는데 나무에 오르기가 힘들었다. 나무 위의 둥지는 근처에 가지도 못했고, 초원 수풀 사이에 숨겨 놓은 둥지를 알아차릴 만큼 뛰어난 시력을 갖지도 못했다.

그러는 동안 나는 차츰 쇠약해지고 멍청해졌다. 영양

부족이 시력에도 영향을 미쳤다. 식물, 나무, 그루터기, 돌, 개밋둑이 흐려진 눈 앞에서 너울처럼 바뀌더니 공포스러울 정도로 아름다운 배열을 이루며 멀리 떠다니다 내 잠을 꿰뚫고 들어왔다. 그렇게 층층이 쌓이는 색들[5]로 정신 없는 가운데, 난 대부분의 시간을 잠을 자며 휴식을 취하려 했다. 나는 그것들을 억제하려고 하지 않았고, 그것들은 나를 사랑스럽게 씻겨주고, 주의 깊게 흔들어 주었다. 나는 그것들의 세례를 받아 만족스럽게 한숨을 내쉬었다.

그런 후 나는 일어나 완전히 잠에서 깬 후, 이 낙원의 풍요 속에서 바보처럼 돌아다녔다. 이곳은 정원이었다! 제발 내가 익숙해지게 해다오. 치료받지 못해 통증이 계속되고 검은 딸기가 가득 떠다니는 눈에도 익숙해지게 해다오. 또다시 살펴보자. 그 검은 딸기들은 장난처럼 곳곳에 숨어 있었다. 나는 이 게임을 더 잘 배울 필요가 있었다. 테르미날리아 나무 사이로 숭고한 과실이 숨어 있었다. 그런데 그게 나를 위한 것일까? 그냥 잎사귀 뭉치가 아닐까? 열기 속으로 조금 더 걸어보자. 눈에 보이는 낯선 풍요 속으로. 나

---

5   영양실조, 구토 등 심각한 신체 기능 저하로 인해 시야가 무지개빛으로 흐려지는 증상을 나타낸다.

무들마다 휘파람 소리가 들렸다. 머리가 어지러웠다. 그 소음. 풍요로움. 자신만만함. 까불며 뛰어다니는 현란한 색깔의 멧새들.

두꺼운 가시가 나 있지만, 나무를 휘감고 자란 덩굴에서 선홍색 과일이 달린 것을 발견했다. 그 열매는 너무 예쁘고 탐스러웠지만 독이 있는 게 분명했다. 저건 나를 위한 게 아니야. 그냥 지나가자. 그런데도 난 결국 돌아와서 열매 하나를 집어들었다. 그냥 시험만 해보려는 거야. 감히 도전해서는 안 돼. 저건 내게 경고하는 쓰디쓴 죽음의 사과야. 하지만 꽤 근사해 보여. 나는 열매 가운데를 쪼갰다. 그 과육은 밝은 녹색이었다. 조심스레 혀를 대보았더니 달콤한 맛이 느껴졌다. 조금 더 맛보았다. 결국 다 먹어버렸다. 그리고 어디가 아픈지 며칠을 기다렸다. 아, 그러고 나서 난 그 신성한 덩굴식물이 자라는 나무로 달려가 열매를 모두 따서 다 먹어치웠다. 심지어 새들이 쪼아 먹고 남긴 것까지. 이 열매에 이름을 지어주고 싶은데, 적절한 이름이 생각나지 않았다. 나는 그것을 겨울에 바우히니아나무[6]

---

6   Bauhinia: 열대의 덩굴성 교목으로 자주나비나무, 낙타의 발굽(Camel's Foot Tree)이라고도 불린다.

를 기어오르는 덩굴 식물의 이름을 따서 붉은가시 열매라고 불렀다. 나는 겁이 많은 탓에 겨울을 나기 위한 식량 계획을 짰다. 그래, 스스로 마음을 다잡아보려 했는데 여전히 두려웠다. 배고픈데도 뻔히 보이는 식량을 구할 수 없다니.

  도시의 거지들, 오지에서조차 접근이 금지된 나병 환자나 천연두에 걸려 쫓겨난 떠돌이들, 나무 그루터기 근처에 웅숭그리고 있는 절름발이와 불구자들, 눈자위가 뒤집힌 맹인과 그 손을 잡고 구호품을 간청하는 아이들. 하지만 아무것도 없다. 내 소유랄 게 없었으니 아무것도 줄 게 없었다. 불쾌감에 나는 시선을 돌렸다. 그들은 절박한 자들의 분노로 나를 쫓아와 두 손을 내밀며 재촉하는 듯 뻔히 쳐다보았다. 그들은 너무 주제넘어 보였고 더럽고 상처투성이었다. 나는 내 주인처럼 부자가 아니었다. 더군다나 주인의 첫째아들과는 처지가 달랐다. 그가 흙탕에다 동전을 한 웅큼씩 뿌려대면, 거지들은 마치 갈매기처럼 탐욕스럽게 달려들어 서로 싸우며 우스꽝스러운 난장판을 연출했다. 생존을 위한 시끌법적하고 더럽고 광기 어린 이런 투쟁은 당시 도시 외곽에서는 흔한 광경이었다. 거기에 내 몫은 없었다. 그들은 마치 피를 볼 때까지 서로를 물어뜯고 찢어 발기며 쪼아댈 태세였다. 여기서 난 그저 내키지 않는 관객이었다. 예전의 힘들었던 시절엔… 솔직히 난 보살핌을 받고 살았다. 주기적으로 먹을 걸 얻은 건 사실이니까. 우기에는 비가 철철 흘러도 수선 한 번 하지 않았지만, 그래도 바람이 잘 통하는 야자잎 지붕 아래 살았으니까. 낡아서 올이 풀렸어도 맨살을 가릴 만한 면옷도 있었으니까. 그래, 인정하자. 확실히, 어쨌거나 나는 생존할 수 있었다. 굼뜨지만 난 주위의 눈치를 보고 허드렛일을 하며 먹고살 수 있었다. 지루한 하루하루가 흘러갔다. 그래, 인정하자. 그래도 살 만했다는 걸. 두 번째 주인을 함께 섬기던 노예 소녀 중 한 명과 나는 죽고 못 사는 친구가 되어서 가능한 한 서로를 도우려고 애썼다. 그녀는 세탁 일을 선호했고 난 요리를 좋아했다. 다른 노예 소녀들을 무시하고 우리가 내키는 대로 일을 나누었다. 그 때문에 원성을 듣긴 했지만, 그렇다고 그들이 주인에게 달려가 불만을 늘어놓은들 바뀔 게 없다는 것을 우린 잘 알고 있었다. 주인에게 우리는 모두 똑닮은 노동 기계일 뿐이었으니까. 우리는 주인을 두고 그럴싸한 농담을 주고 받았다. 우리는 그의 흉한 버릇, 예를 들어 자위를 하거나 성교 도중에 밖에 나가 오줌을 싸는 버릇

따위를 시시콜콜 말했다. 아마도 주인은 요실금에 시달렸었나 보다. 단짝 친구와 나는 주인에 대해, 그리고 그의 오만한 아내, 젖이 말라버리고 아이도 배지 못하는 늙은 여인에 대해 시도 때도 없이 헐뜯었다.

우리 아기들은 포동포동했고 빈곤 속에서도 잘 자랐다. 우리는 네 아이 내 아이 가리지 않고 키웠다. 서로의 아이를 업고 다녔고 젖도 가리지 않고 먹였다. 서로 출산을 도왔으니 아이들도 그냥 우리의 아이들이었다. 품안에 안으면 따뜻하고 작은 몸, 젖꼭지를 찾아 오물거리는 귀여운 입술, 작고 토실한 목덜미, 그리고 우리를 성가시게 했던 이갈이. 우리는 아이들이 가지고 놀 조개껍데기들을 찾아주었고, 줄넘기를 할 수 있도록 갈대밧줄을 꼬아 주었다. 우리와 아이들은 그렇게 따뜻한 공동체를 이루었다. 난 요리할 때마다 코코넛 우유를 조금 꼬불쳐서 아이들에게 들려 보냈고, 그녀는 강의 빨래터에 아이들을 데려가 마음껏 놀 수 있게 해주었다. 그런 만족스럽고 사랑스러운 충족감은 우리의 초라한 생활에서 많은 것들을 채워주었다.

그녀는 나보다 몇 살 위였다. 그녀도 나와 같은 일들을 겪었다.

우리가 겪어야 했던 일들이란.

젊어서부터 붙잡혔고, 할례는 아직 받지 않았다. 그런 이유로 쫓기고 포로가 되었다. 비명을 지르는 여인들과 늙은 남자들 속에서, 죽을 때까지 싸웠거나 때맞춰 도망치지 못했던 젊은 남자들의 시체 사이에서, 우리는 쫓고 쫓겼다. 불타는 오두막과 무너진 가축 우리, 그리고 파괴된 수수 창고, 무성한 풀숲 어느 곳도 은신처가 되지 못했다. 누군가 숨겨줬다고 해도 그건 정말 소용없는 일이었다. 두려움에서 터져나오는 헛된 비명, 거대한 숲에서 일어난 작은 소란에 불과했다. 원숭이 떼들이 내는 소음보다 더 보잘것없었다. 갑자기 새들이 우짖기 시작했고, 밭뙈기에서 간헐적인 북소리가 들렸다. 나는 신중하게 재와 폐허, 폭력의 악취와 공포로 흘린 땀 냄새를 맡았고, 소리 없이 돌아섰다. 비가 내렸다. 끈적끈적한 진흙이 고여 부패의 검은 늪이, 수몰된 역사의 웅덩이가 되었다. 폭풍은 또 얼마나 거세게 몰아쳤던가. 나무들은 또 얼마나 의례껏 흔들렸던가. 장밋빛 태양이 별들로 바뀌었다.

내 친구가 말했다. 처음으로 바다를 보았을 때, 둑에 휘몰아치며 부서지는 그 푸른 벽을 보고 얼마나 무서웠는지 몰라.

나는 말했다. 이곳에서 바다를 처음 봤을 때, 난 전혀 두렵지 않았어. 바다를 향해 마냥 내달렸지.

내 친구가 말했다. 내가 따라가 같이 살게 된 남자는 너무 친절해서 아버지 같았어.

나는 말했다. 그 남자도 마찬가지야. 시장에서 제일 어린 여자들을 사와서 마치 꼬투리를 까듯이 파괴를 했지. 그리고 사려 깊은 척, 네게 첫아이를 갖도록 허락해 주더니 그다음엔 너를 팔아버렸지.

그래, 그는 가장 어린 노예들을 샀어. 그는 물집을 터트리듯이 처녀막을 파괴했고, 너는 피를 흘리며 다리를 벌리고 있었지. 너는 숨을 참았어야 했어. 처음엔 고통 때문에, 그다음엔, 그래, 성적 환희 때문에.

나는 말했다. 그는 내게 선물을 약속했어. 그는 부드럽게 나를 끌어당기더니 자기 다리 사이에 나를 세웠지. 직접 내 옷을 벗겼고 내 몸을 부드럽게 쓰다듬었어. 그리고 나서 나를 핥았어. 그런 다음 예쁜 뱀콩과 진주 상감으로 만든 머리받이를 가리키며 내가 말을 잘 듣는다면 저런 걸 선물로 주겠다고 약속했지. 그래, 나는 좋은 여자가 되려고 했어. 주인의 집에 있는 여자들이 내게 뭘 하고 무슨 대답을 해야 하는지 가르쳤으니까. 나는 고개를 끄덕였어. 그는 숨을 헐떡이며 서둘렀지.

나는 선물을 받았어. 너도 뭘 받았어?

난 친구에게 물었다.

그래. 그녀가 대답했다.

그런데 우리 머리받이는 지금 어디 있을까?

우리는 웃었다.

내 건 너무 컸어. 내 목은 짧은데 말이야.

내 것도 그래. 나는 말했다.

그런 게 그리워?

아니.

여전히 그는 어린 여자들을 사들일까?

그는 죽었어.

이런! 언제?

오래 전에, 아주 오래 전에. 그의 심장이 멈췄어.

불쌍해라! 그가 죽다니. 어쨌든 친절한 사람이었는데.

그래.

맞아, 그랬어. 그는 재밌고 친절했지. 첫아이를 낳고

나서도 그의 집에 계속 있을 수 있었으니까.

아, 내가 얼마나 다정한 어린 엄마였는지, 나는 또렷히 기억난다. 9개월 동안 배가 불러오는 도중에도 활발히 움직이고, 음식 준비를 부지런히 돕고, 정말 서툴지만 열성적이었어. 난 타마린드 열매[7]를 빨고 뱉어냈다. 엄마가 된 아기, 그게 나였다. 내 어린 입에서는 열매를 맺은 여자가 내는 썩은 웃음이 흘러 나왔다. 완전히 만삭이 되었을 때, 난 모든 걸 알았어. 혼자서 아이를 출산해야 했지. 아이를 낳으면서 나는 너무 지쳤고 더 버틸 수가 없었다. 내 안에서 태동을 느꼈고 그건 점점 더 강해졌다. 꿈속에서 난 바닷가에 앉아 조개껍데기, 검은 조개와 흰 조개를 갖고 놀았어. 다른 여자들이 내게 얼마나 친절했는지. 또 나를 어떻게 돌보았는지 봤어. 마치 싸구려 장신구처럼. 기침을 심하게 콜록거리면, 그들 중 하나가 버드나무 뿌리를 사러 시장에 갔다가 운 좋게 구하면 그걸 달여 내게 먹였다. 내가 약간의 두통을 호소하기라도 하면 위통에 잘 듣는다는 뿔꼬투리 잎을 달여 마시게 했다. 그들은 배가 아프면 두통이

---

7   남아프리카와 동아시아 지역에서 자라는 열대 식물로, 그 열매에 피부병 예방 효과가 있어 약용으로도 쓰인다.

생기는 거라고 했다. 그렇게 보살핌을 받고 보호받고 말을 이해할 수 있게 되면서 나는 차츰 행복해졌지만 여전히 손재주가 없어서 매번 자신이 훼방꾼처럼 느꼈다.

어느 누구도 아이의 머리가 나올 때 누굴 불러야 하는지 알려줄 수도 없고 알려주지도 않았다. 그것은 내가 태어난 장소로 거슬러 올라가는 비명이었다. 메아리치고 또 메아리쳤다.

내 아이는 식탐이 많았다. 아기가 입만 벙긋거려도 난 젖을 먹였다. 업고 다니기에 무거울 정도로 금세 커버렸다. 내 주인에게 난 없는 사람이나 마찬가지였다. 이미 내 자리를 대신할 어린 여자애가 있었다. 난 그녀에게 말을 걸지 않았다.

3.

피자마 나무가 서 있는 바닷가 근처 광장에서 나는 두번째로 팔렸다. 난 이미 망가진 장난감이었다. 나와 아이는 각기 경매에 부쳐져 따로 팔렸다. 확실히 쓸모 있었지만

그저 그런 장난감. 내 주인은 괜히 내게 돈을 썼다고 생각
했다. 얼굴도 모르는 사람이 내 아이를 쿡쿡 찔렀다. 어디
가 망가지기라도 했나? 또 다른 사람이 내 머리와 입 안, 골
반, 팔과 다리를 샅샅이 검사했다. 그는 의심스러웠다. 어
디 비뚤어진 데라도 있나? 한 상인이 심부름꾼을 보내 다
섯 손가락만큼 노예를 사도록 시켰다. 어디가 새는 데는 없
나? 부서진 곳이나 망가진 데는? 머리 위로 해가 이글거렸
다. 기절할 것 같았다. 여성과 남성, 성별이 구분되는 일상
용품들. 하나씩 하나씩 팔려가고, 나는 남겨졌다. 어쩔 줄
몰랐다. 손톱을 물어뜯었다. 뭐 때문이지? 일이 꼬인 건가?
난 아이를 더 이상 쳐다보지 않았다. 주위를 돌아봤다. 아
무것도 보이지 않았다. 비명을 지르고 싶었다. 할 수 있다
면 내 배를 갈라 창자를 꺼낼 텐데. 칼이 어디 있지? 나 자
신을 토해버리고 싶었다. 심장이 얼어붙었다. 도대체 누가
나를 사갈까?

밉살스러운 사람. 당신도 나처럼 혐오스러울 거야. 어
서 와서 당신의 불행을 내게 옮겨라. 나는 사악하고 위험하
다. 나는 말라붙은 원숭이의 젖통, 신선하고 미끄러운 소의
눈알, 껍질이 벗겨진 사람의 살갗, 흡판을 가진 치명적인

바다달팽이의 독이다. 나는 증오 자체이며 증오의 가면이다. 나는 기형이다. 내 피에는 뱀이 있다. 나는 내 피를 마신다. 난 까무라치고 버둥거린다.

남자들이 다가와 소녀들처럼 노래하며 혼을 부르지만, 불꽃은 타오르지 않는다. 도시 전역에서 온 팀빌라[8] 연주자들이 나를 둘러싸고 건반을 두드리는데, 그 소리—아, 그건 물소리, 별이 떨어지는 소리, 슬픈 별에 맺힌 이슬이 떨어지는 소리였다—는 내 열을 식히고, 내 기운을 가라앉히며 반항의 불길을 꺼버린다. 내 아이가 없다면, 난 무엇일까? 고통받은 사람은 어떤 후회를 느낄까?

마지막으로 고라[9] 연주자가 나선다. 현 하나를 튕기며, 사려 깊은 소리가 점차로 현을 따라 전해지고, 끊임없이 현을 튕길 때마다 그 소리는 땅으로, 모래로, 불모의 모래로 숨어든다. 저음의 소리가 연이어 모래 속으로 파고든다. 그 어떤 뿌리보다도 더 깊이.

지렁이의 왕국보다도 더 깊이. 그게 다였다. 그것은

---

8   timbila: 5~30개의 목재 건반으로 된 실로폰. 나무판은 음웬제 나무의 목재로 만든다.

9   gora: 나무 막대기에 줄을 매고, 그 한쪽 끝에 있는 깃축 리드를 불어서 소리를 내는 호텐토트의 악기.

묻혔고, 끝났다. 나는 아주 어이 없는 가격에 처분되고 말았다. 고라 연주자는 연주를 멈추고 그의 허벅지에 두른 띠에 막대기를 찔러넣고 어깨에 고라를 매고 떠난다.

　　그날 새로운 주인은 빛나는 수탉 한 마리와 나를 샀다. 머리와 주둥이에는 밝은 노란색 깃털이, 목에는 갈색과 보랏빛 깃털이, 등에는 인상적으로 반짝거리는 노란색과 갈색 깃털이, 그리고 날개에는 장엄한 흑녹색 깃털이 광택을 띠었고, 가슴에는 어두운 진회색과 녹금색 깃털이 번쩍거리는 데다 호전적이고 목청 좋은 수탉이었다.

　　그 닭은 마음대로 뜰을 돌아다녔고, 수시로 암탉의 뒤에 올라탔다. 닭은 아침에 꼬끼오 울며 우리를 깨웠고, 밤에는 좋은 날씨를 알리는 양 울어댔는데 그때마다 비가 오곤 했다. 우리는 냄비를 들고 겁을 주곤 했다. 수탉아, 수탉아, 널 잡아먹을 테다. 수탉아, 수탉아, 우리 오두막 지붕에 올라 하루의 시작을 알리렴. 네 주인은 암탉들한텐 인색하기 짝이 없구나. 그래, 너와 나, 우리 주인 말이야. 수탉아, 수탉아, 네 울음과 닭똥, 우리의 잡담과 배설물과 생리, 우리의 아기, 우리 몸에 걸친 마호가니 열매로 만든 장신구와 옷, 그리고 향신료 바구니와, 그리고 쥐가 가득한 집과 창고도 모두 그의 것이란다. 조리 도구와 수저, 우리 몸에 있는 이, 집의 벽 틈에 사는 바퀴벌레와 개미, 집 주변의 땅도 모두 그의 것이란다. 내 노동도 그의 것이고, 내가 언제 잘지 또 언제 오갈지 모두 그에게 달려 있어. 내 땀, 머리카락, 쓰라린 발바닥도 그의 것이야. 개미는 숨을 수 있고, 바퀴벌레와 쥐도 마찬가지야. 하지만 나는 아니야. 어디로 숨어야 할까. 수탉아, 우린 덫에 걸린 거야.

셋째 아이를 가졌을 때 난 낙태를 도와줄 사람을 찾았다. 내 친구가 말렸다. 삶은 우리를 기만했어. 독이 든 꿀일 뿐이야. 지친 나는 불평했다. 그녀는 내가 사 온 유혹적인 향기가 나는 바이올렛 나무 뿌리를 내던졌다.

뭘 지불했어? 그녀가 물었다.

나 자신.

그녀는 나를 혼냈다. 창녀 같으니! 그녀가 소리쳤고, 나는 웃었다.

내가 정말 창녀였다면 지금쯤 부자가 되었겠지.

꺼져! 그녀가 꾸짖었다.

그래, 나는 표독하게 대답했다. 세상 어디든 주인의 눈이 닿지 않는 곳이 있겠니.

어느 날, 그래, 언젠가는 주인의 눈이 볼 수 있는 한 멀리, 더 멀리 가고 싶었다.

두 번째 후원자 겸 주인은 틀림없이 더 넓은 세계를 접했을 것이다. 저 깊은 수풀에서부터 바다의 수평선까지, 육지부터 바다 건너까지 아우르며 금광의 광부와 나무꾼과 거래를 텄고, 해안선을 따라 물품을 운송했으며, 나처럼 버릇없는 노예 계집을 사들이는 매력적인 이방인의 중개인 노릇까지 했다.

물론 그것도 멀었지만, 난 더 먼 곳을 원했다. 나는 거리距離에 대한 열망을 품었다.

지금 여기 바오밥 나무 안에 있지만, 여전히 사방은 지평선으로 막혀 있다. 과연 누가 저 지평선을 넘어선 적이 있을까? 우리의 삶은 독이 든 꿀처럼 위험하다. 멀리서 보면, 내 눈앞을 스쳐 지나간 모든 풍경을 고리처럼 묶으면 더 넓은 지평선이 그려질 것이다. 더 멀리 여행할수록 지평선은 더 넓어질 수밖에 없다. 그런데 실제로는 모든 풍경이 이 나무 한 그루가 정의하는 범위로 한정되어 있다. 그리고 실제로는 모든 게 나무 한 그루를 배경으로 축소되어 버렸다.

여기서 멈춰서 있다. 여기에는 공허와 인공물들이 있고, 보이지 않는 척하는 소인족들의 보살핌—난 그것을 숭배라고 부르기는 망설여진다—이 있다. 또 사슴 고기와 신자두, 식용 버섯이라는 선물도 있다. 자잘한 구멍이 뚫린 타조알은 깨져서 교체했다. 내 구슬 수집품이 더 늘었다. 옷도 얻었다. 산토끼의 뼈로 장식한 가죽 앞치마와 망토를 입고, 직접 꿰어 만든 검은색과 초록색의 구슬들과 타조알 껍질 조각들을 길게 늘어뜨리면, 기분이 좋아지고 내 모습도 제법 봐줄 만하다. 그건 내가 바오밥 나무 주변을 여행하면서 시야에서 놓친 적 없었던 새로운 삶의 옷이었다. 왜냐면 귀향길에 있었던 것은 그저 단발적인 사건에 불과했고, 어느 쪽이든 반대편에 놓인 것은 (쓸쓸한 현실이지만) 나 혼자서는 감당할 수 있는 일이 아니었기 때문이다.

장남이 거래를 제안했을 때 늘 여행과 방랑을 좋아하고 매력이 넘쳤던 이방인은 이렇게 말했다. 나는 우울하지만 탐험을 멈추지 않는다고. 나는 정찰하고 새로운 걸 발견하는 게 좋다고. 인류에 대해 열광할 수는 없지만 시험을 멈추지도, 탐색을 멈추지 않는다고 말이다.

아니, 그를 저주하지는 말자. 내가 그를 따르는 것밖

에 다른 선택이 없다는 걸 그도 알았어야 했다. 왜냐면 나는 탐색자가 아니었고 그저 상황에서 상황으로 내몰린 사람이었으니까. 나를 산 사람은 누구든 나를 지켜줘야 하고, 적어도 이번만큼은 나를 지켜줄 것이다. 종종 누군가의 재산이 된다는 것은 상당히 유리하고 쉬운 방편이다. 나는 그저 누군가와 함께 있는 누군가일 뿐이다.

막내아들이 죽기 전부터 장남은 환상적인 계획을 생각해 냈고 새로운 종류의 탐험을 준비했다. 누구도 그런 계획을 들어본 적이 없었지만, 도시 주민들 중에서 모르는 사람이 없었다. 바다 너머와 내륙으로부터, 소식들이 정기적으로 들려왔다. 빈틈없는 무역상들은 추측이 난무하고 말 많은 시인들의 게으른 헛소리에 지나지 않는 풍문에 의심을 품었다. 미지의 것에 대한 꿈. 외지에 대한 매혹. 지식의 유희. 그러한 목적으로 도시에는 항상 주변인과 예술가들, 아이들이 입을 벌린 채 열중해 듣는 광장의 이야기꾼들이 넘쳐났다. 소위 예술가라는 치들을 포함해 그들의 오락적 가치는 청중과 독자들을 흥미롭게 할지 지루하게 할지에 따라 좌우되었다. 그래, 그들은 파란만장한 광인들이었다. 만일 부자의 상속인이 멍청하게도 낭만적으로 행동하기를 원하고 다른 육로의 존재를 입증하고 싶다면, 그것은 그의 부재를 틈타 충분히 기회를 노릴 수 있다는 뜻이다. 그의 아버지가 그토록 신중하게 시작하고 준비했던 거래는 이제 약삭빠르고 교활한 사람이 누구든 가로챌 수 있었다. 둘째 아들이 경쟁에 뛰어들 거라고 예상했던 사람은 아무도 없었다. 왜냐면 그는 아버지가 죽기 몇 계절 전부터 금거래 사업의 화려함 뒤로 수익성 높은 매춘 업소를 운영해 왔으니까 말이다.

그러고 나서 가장 느긋하던 막내 아들에게도 불행한 사고가 생겼다. 너무 많은 재앙이 집을 덮쳤다. 아버지의 죽음에 뒤이어 장남과 미혼의 딸 사이에 갈등이 있었다. 그녀는 독기를 품고 집을 떠났다. 이제 그녀의 메마른 영혼은 복수를 생각하며 살찌워 갔다. 아침에 눈을 뜰 때부터 잠들 때까지 그녀는 장남을 무릎 꿇릴 방법을 고안하고 계획을 짜느라 시간을 보냈다. 그 때문에 그녀와 결혼한 언니들, 두 명의 남자 형제가 모두 파산해야 한다는 걸 의미한다고 해도 말이다. 그녀는 사냥꾼의 풍모를 가졌다. 그녀는 암적인 요소가 된 사람의 냄새를 풍겼고, 누구랑 접촉을 하건 그녀의 숨결에서 내뿜는 독과 교활함으로 전염시켰다. 그녀는 지독함에 오염되었다.

　나는 그녀의 숨결을 피해 내 부드러운 마음을 막내아들에게 맡겼다. 그는 나를 상속받은 사람이었다. 그는 선하고 친절했으며, 그가 상속받은 노예나 노예 소녀, 의무에는 전혀 관심이 없었고, 주위에 호감 가는 미소와 격의 없는 인사를 건네며 흔들림 없이 자신의 길을 갔다.

　아니, 그가 사랑에 실패해서 자살했다는 이야기 따위는 난 믿지 않았다. 산호초를 지나는 길을 잘 아는 그가 그렇게 쉽게 쓰러질 리 있겠냐고 노예들은 속닥거렸고, 집을 찾은 문상객들도 마찬가지였다. 달이 차고 기울 때 두 개의 치명적인 사건이 연달아 일어났다. 한 사람의 목숨은 얼마나 될까? 눈을 깜빡이는 사이, 번개치는 찰나, 물방울이 부풀었다 떨어질 때까지. 한 사람의 생명도 그 정도의 길이다. 체크 메이트. 그러면 머리를 떨구고 손은 허공을 휘젓는다. 그래, 생명은, 삶은 그 정도의 길이다. 그리고 어린 나무가 베어졌고 여행은 짧았고 배는 뒤집어져 가라앉았다. 그리고 문상객들은 격식에 맞게 이런 말도 안 되는 일을 경건하게 치뤘다.

　아니, 그는 일부러 독가시치를 밟을 사람이 아니었다.

아마도 동료 중 한 명이 산호초 아래 보랏빛 심해에서 독가시치 무리를 발견하고 경고하려고 그의 이름을 부르자, 그는 정신이 팔려 날카로운 산호초 끝에서 휘엉청거리다 무게중심을 잃은 게 분명했다. 그게 더 그럴듯했다. 그 설명도 그의 동료가 해준 얘기였다. 그는 들것에 실려 왔는데, 그의 사체는 아침에 물고기를 잡으러 바닷가로 향할 때처럼 날렵하고 아름다웠다. 그를 해안가로 데리고 나온 후에 동료들은 무력하게 지켜봐야만 했다. 그가 얼마나 뒹굴고 발버둥쳤는지, 입에선 하얀 거품이 일고 또 딱딱하게 경직되어 갔는지, 아주 짧았던 발작의 간주곡이 어떻게 삶에서 죽음으로 이끌었는지, 그리고 죽고 나서야 살았을 때만큼이나 완벽하고 흠 없는 모습을 되찾았는지. 내가 생각하기에, 자기 안에 갇힌 채, 자기만의 매력에 빠져 있던 그 젊은이는 진심 어린 우정도, 불구대천의 원수도 경험하지 못했을 것이다.

나는 그의 죽음으로 무엇을 잃고 얻을지 생각했다. 내 미래가 변덕에 좌우된 게 벌써 몇 번째인가. 나는 팽팽한 긴장감 속에 기다렸다. 이 두려움이 익숙했다. 그와 나는 오랜 친구가 아니었나? 누군가 나에게 진실했다면, 그건 바로 그였다. 아마도 그건 그가 나와 함께 호흡하며, 내 심장 박동과 맞춰 나의 일부가 되었기 때문이다. 내 흰 눈동자에, 떨리는 손가락에 그가 있었기 때문이다. 나의 힘든 중에 친해진 동반자는 내 옆에서 편안한 마음으로 함께하며 숨 막히는 숨결을 내게 불어넣어 주었다.

후원자가 죽은 다음 날, 나는 사랑과 혼란에 젖어 이 방인을 찾아 갔는데, 정작 나를 앞으로 내달리게 만든 것은 그 남자가 아니라 두려움과 갈망 때문이었다. 그리고 확실성, 늘 믿을 수 있다는 유일한 확신이 나를 거리로 이끌었다. 벽들은 색색의 곰팡이가 슬어 있고 문짝은 썩어 무너져 차마 건물이라고 부르기도 무색한 가운데, 나는 노예들이 등에 바구니를 짊어지고 드나드는 한 건물을 알아보았다. 그건 내 전 주인의 향신료 창고였다. 나는 옛 친구를 찾아보기로 마음먹었다. 화려한 비단 옷, 빠른 화법, 소중한 예의범절을 장착하고 그곳에 도착했는데, 난 정작 어색할 정도로 당황스러웠고 과거의 감정에 갇혀 있었다.

그녀는 허물어져가는 오두막 앞 땅바닥에 다리를 꼬고 앉아 막대기로 모래를 끄적이고 있었다. 예전처럼 암탉과 병아리들은 앞뜰에서 오두막과 창고 주위, 떨어진 열매에서 들큰한 냄새가 나는 망고 나무 주변을 돌아다니고 있었다. 그녀는 닭똥이나 오물은 신경 쓰지 않는 듯했다. 벌거벗은 아기 하나가 윗입술에 콧물자국이 선명한 채로 더러운 모래를 입에 집어넣고 있었다. 난 그녀의 아이냐고 물었다. 그녀는 대답하지 않고 빤히 날 쳐다보았다. 나는 아이를 안아 올리고 싶었지만, 그만두기로 했다. 뭘 줄 수 있을지 잠시 고민했다. 내 친구가 나를 쳐다보았다. 걸어나올 때, 등 뒤로 날카로운 눈길이 느껴졌다. 누군가 무언가를 던져 내게 맞혔다. 나는 뒤를 돌아보았다. 그녀가 모래를 한 줌 주워 내게 던지는 걸 보았다. 난 그녀의 이름을 불렀다. 나처럼 모래에 맞은 아기는 즐거워하며 웃음을 터뜨렸다. 그러더니 울기 시작했다. 난 압도된 채로 걸어 나갔다. 아기가 미친 듯 울었다.

난 아무것도 보지 않으려 애쓰며 도축장과 커다란 야자나무를 지나갔다. 시장 아낙네들의 앞과 노예 광장, 바닷가에 끌어올린 작은 배들을 지나쳤다. 배들은 우스꽝스러운 더듬이처럼 돌돌 말려 있었다. 다우 선 한 척이 파도에 넘실거리고 있었고, 나는 높이 소리 질러 이방인에 대해 물었지만, 모른다는 몸짓만 확인한 후 끔찍할 정도로 조용한

큰 집으로 돌아왔다. 정원의 벽엔 재스민이 무더기로 피어나서 망자를 위해 향기를 뿜어내고 있었다.

내 후원자는 어떻게 그렇게 많은 부를 모았을까? 한 번은 그와 나만이 남았을 때 내가 그걸 물어본 적이 있었다. 난 그의 이마에 완두콩처럼 부어오른 흉터 자국을 건드려봤다. 내 손가락이 그 흉터를 쓰다듬었다. 우리는 두 명의 미친 탐험가가 되어 서로를 갈구했다.

어떻게 부자가 된 거죠? 투라코[10]가 희롱하는 잠깐의 사이에 나는 다시 물었다. 내 손가락이 무화과처럼 자주빛인 그의 입술을 따라 미끄러졌다. 그는 어떻게 이리 말랐을까. 나는 충격을 받았다. 그의 뺨은 푹 꺼졌다. 가볍게 부스러지는 잎새로 가득한 구멍에 그는 눈을 감은 채 누워 있었다.

오지랖꾼이네. 그는 나를 조용히 시키려고 했다. 난 계속해서 물었다.

너 같은 존재가 그를 이 도시에서 가장 강력한 사람으로 만들어주었지. 이방인은 그렇게 말했다. 사실 넌 으쓱해도 돼. 너의 후원자는 그런 부류에서 전문 감정인이라서 낮

---

10   Touraco: 아프리카의 중남부에 분포하는 부채머리과 새이다.

은 등급을 살 일이 없어. 너만 봐도 내 말이 맞지? 봐, 네 몸매가 얼마나 완벽한 비율을 이루고 있는지 말이야.

그는 나를 만지고 싶어 했다. 나는 팔을 풀었다.

어떻게 그 많은 부를 이룬 거예요?

또다시 이방인은 심미적 품평에 대한 애매한 설명을 했다. 후원자이자 무역상이 완벽함, 즉 아름다운 외면과 내면의 균형을 추구했기 때문에 꼼꼼한 투자자의 안목으로 노예들을 예술품을 모으듯 수집했고, 때로는 내 경우처럼 교육을 통해 다듬은 다음 팔아치워 이윤을 남겼다고 했다. 그리고 내게 강조하기를 후원자가 내 품질에 대해 주목할 만한 평가를 내렸기 때문에 결코 나를 처분하지 않았을 뿐더러 자신의 임종까지 옆에 두도록 했다는 것이었다.

그것은 부자가 된 방법에 대한 얘기가 아니에요. 나는 반박했다. 그런 취미를 감당하려면 이미 많은 돈을 갖고 있었을 텐데요. 그렇다면 그 돈을 어떻게 얻은 거예요?

그가 강도라고 하면 어떨까?

그렇다면 그가 그런 사람이었을 테죠.

노예 약탈자라면?

모든 사람은 뭔가를 훔쳐요. 내가 아는 사람은 다 도

둑들이죠.

나도 그런가?

내가 어떻게 알아요?

내가 그렇다면?

그럼 그런 것이겠죠.

난 돈을 뺏지만 사람을 약탈하진 않아. 나는 바다에서 약탈하지. 내가 강도를 당하기 전에, 내가 전리품이 되기 전에 먼저 강도질을 한달까. 이방인은 그렇게 말했다.

저처럼요. 내가 말했다.

그래.

내 후원자가 내륙에서 우리를 사냥했나요?

아냐, 그런 식으로 부자가 되지는 않아. 이방인은 웃었다. 경비가 만만치 않아서 수고와 이윤을 낼 정도는 아니야. 차라리 상아 사냥꾼이 되는 게 낫지. 그런 상품은 이미 죽은 데다가 쉽게 운반할 수 있으니까. 반대로 사람은 파리처럼 쉽게 죽어나가고, 먹여야 하고, 도망치려고도 하지. 경호원과 무기와 음식에 지출되는 돈이 엄청나지. 노예를 잃을 때마다 자본이 빠지는 거야. 그래서 노예 사냥꾼이 되는 건 예외적인 유형이야. 자칫하면 반대로 살해당하고 약탈당할 위험도 감수해야 하니까. 당신 후원자가 일했던 방식이 바로 그거야. 그는 곳곳에 첩자와 연락책을 두었지. 주로 해안가 근처에서 노예 사냥꾼을 유인해서 급습하는 거야. 그러면 포로나 경호원 모두 지쳐서 죽거나 저항할 기회가 없지. 그가 젊었을 때 한 일이지. 그래서 그는 집을 짓고 어엿한 시민으로 평화롭게 살 만큼 돈을 모으자, 강도 짓은 그만두고 금과 용연향과 목재와 구리에 집중했어. 도시의 부유층들이 금보다 시세를 더 많이 쳐주는 상품들이지. 그리고 자신의 취미에도 아낌없이 돈을 썼지.

마치 말을 하느라 지쳤다는 듯이, 이방인은 눈을 감고 입을 다물었다.

나는 모욕과 무력감을 느꼈지만 울지 않으려 했다. 적어도 우는 걸 보이지도 들리지도 않도록 애썼다. 소유와 사랑은 서로를 저주하는 개념들이다. 나는 그와 다른 사람들, 살면서 만난 다른 모든 사람들처럼 되고 싶지 않았다. 안개 끼고 후텁지근한 숲속 헛간과 엄마에 대한 유년의 기억, 내 처녀성을 취하기 위해 나를 샀던 음탕한 남자와, 내가 이를 빠득빠득 갈며 힘들게 노동해야 했던 향신료 상인의 기억. 아니, 나는 그들이 나를 대했던 것과 같은 존재는 되고 싶지도 않았다. 아버지 같이 자애로왔던 내 후원자와 지금 이 남자도 마찬가지다. 내가 온몸을 바쳐 껴안고 종종 내 안으로 들어와 나를 채우도록 허락한 이 남자, 최고의 경련을 일으키며 풍부하고 만족스럽게 떠다니며 씨앗을 뿌리고 자신의 욕구 충족과 함께 내 일부가 되고 독점적으로 날 소유하는 이 남자. 하지만 그런 그조차 조금 전 나를 분석적으로 묘사하고 분배의 대상으로 취급했다. 하지만, 난 그들 모두가 생각했던 나와는 전혀 달랐다. 또한 내 인생에서 만난 여인들의 모든 의견, 모든 관찰과 질책들, 그들이 내가 누군지 안다고 생각했던 것들과 실제로 알고 있는 것들을 나는 모조리 거부했다.

　　나는 시인이 여성 일반에 관해 냉소적으로 내뱉던 말을 기억했다. 그때는 그 말을 마음 깊이 담아두지 않았었다. 진실을 말하자면, 나도 이른바 현학적인 조롱에 참여했고, 그런 식으로 욕망을 피상적으로 드러내는 것을 부도덕하다거나 혹은 비난받아야 하는 것으로 생각하지 않았다. 나는 허영심과 경솔함에 물들어 그에 동참했다. 부드러운 애무처럼 나를 감싸는 고급 천을 두르고, 모로코 가죽 샌들을 신고, 변변찮은 유혹의 기술을 재빠르게 익힌 후, 나는 같이 대화하고 웃었다. 그때가 내가 활짝 꽃피운 시기라는 걸 느끼고 있었다. 나는 거리낌 없이 웃었다. 수시로 웃음을 내보이며, 머리에는 야생 밤꽃과 연보라색 델피니움 꽃으로 장식했다.

내 후원자는 미소지었다. 그는 그게 매력적이라고 생각했다. 나는 아이를 보호하듯 그를 감싸안았다. 그가 소유주였는데, 생각해보면 미친 짓이었지만, 그땐 정말 그랬다. 그는 아이처럼 순진무구하게 내 어깨에 머리를 기대었다. 그리고 눈 깜짝할 사이에 그는 변화했고, 나보다 현명해져 날 나무라고 주도권을 쥐고 애무를 이끌었다. 성교를 나눌 때 그는 아빠이자 아들이었고 나는 엄마이자 믿음직한 딸이었다. 우리는 함께 완벽하게 모든 것을 깨우쳤고 더 바랄 게 없었다. 그러다 그가 점점 쇠약해졌고 딱할 정도로 여위고 행동이 굼떠졌다. 열병에 잠식당해 더는 만찬장에 나타나지 못했고 그의 침실에 시원한 야자 매트에 누워 지내는 게 일상이었다. 오후에 비가 내리고, 저녁에 냉기가 밀려 오더니 밤에는 하얀 달빛에 덤처럼 별이 날카롭게 반짝였는데, 그 어떤 풍경도 그의 정신 상태를 바꿔놓지는 못했다. 방 안 구석구석 죽음의 눈이 희번덕거렸다. 가끔 그는 멍하니 바다를 내다보면서 우리가 훌륭한 자기 그릇에 담아 내온 헛가시나무의 쓴 추출액을 마시지 않으려 했다. 저명한 도시 의사들의 처방도 소용없었다. 그는 쉰 목소리로 간단히 감사의 말을 전했지만, 절대 어떤 약도 받아들이지 않았다.

내 완벽한 팔에 안겨, 내 완벽한 허벅지를 머리에 베고, 내 완벽한 가슴에 기대어, 그는 숨을 거두었다. 그와 나, 아빠와 엄마, 나의 어린아이이자 소유주, 그리고 그의 귀중한 예술품이자 하녀, 두 사람의 연인.

아주 오래전부터 그를 미워할 수 있기를 바랐다. 이제는 누구를 미워하고 복수를 기획할 시간이 없었다. 초원이 우리를 위협했다. 나는 이방인에게로 돌아갔다. 붉은 사막의 신기루 같은, 도시로 향하는 끝없이 긴 여정에서 그의 온화한 성품을 다시금 되새겼다. 예전에는 그의 재치에 매료되었으나, 이번에는 그의 인간미와 도움의 손길에 고마워했다. 당시 상황은 가벼운 논제나 반론으로 수놓았던 깊은 대화에 도움이 되지 않았고, 확실히 그즈음에는 우리 둘이 함께 대화하는 일은 거의 드물었다. 우리를 둘러싼 침묵은 정말 대단했다. 서로 존중을 강요했달까. 아니, 그런 생각은 어리석다. 사실 우리는 대화를 시작하기엔 너무 피곤했을 뿐이다. 상황이 좋지 않았다는 건 부인할 수 없다. 더운 지역에서 우리는 번갈아 자리를 바꿨고, 지친 눈빛은 다음 나올 그늘을 찾아, 나뭇잎 지붕이 제공할 시원한 안식처와의 거리를 재느라 정신없었다. 다시 휴식이 힘들 줄 알았기에 우리는 나무 그늘에서 더 오래 머물려고 어슬렁거렸다. 지금처럼.

우리는 변명하듯 눈길을 교환했다. 난 그의 손을 잡아 내 입술에 포갰다.

계속 가야만 했다. 상황은 좋지 않았다. 마침내 결심해야 했다. 우리는 매혹적인 도시와 그곳에서 우리를 기다릴 많은 것들에 대해 생각했다. 사냥꾼들이 알려준 빈약한 정보로 우리의 상상을 메꿨지만, 내륙으로 더 깊이 들어갈수록, 고향에서 멀어질수록, 수풀은 더 황량해지고 우리의 몸은 더 느리고 굼떠졌다. 우리는 불러낸 이미지들로 꽃가지를 더 풍요롭게 꾸며내고 있었다. 우리가 원하는 것들이 진짜인 척하기 시작했다는 걸 깨닫지 못했다. 도시를 이야기할 때마다 곧 도착할 것처럼 굴었다. 다음 날이면, 또 다음 날이면, 몇 날 며칠만 있으면, 저 지평선에, 순수한 장밋빛 석영이 빛나는 산자락에 넓다란 도시가 나타날 것처럼 믿었다.

나는 꿈에서 그 장밋빛 석영을 보았다. 내 꿈의 밑바닥, 기둥, 천장 가릴 것 없이 온통 장밋빛 석영으로 가득차 있었고, 난 석영의 갈라진 틈새에 끼여 옴짝달싹하지 못한 채 세상의 나머지를 엿보았다. 그 사이에 숨어 만족스럽게 고개를 끄덕였다.

하지만 우리는 사냥꾼들이 말했던 늪지대를 먼저 건너야 했다.

장미빛 석영의 산 밑에서 도시를 보고 싶어하는 갈망에 불타오를수록, 그 도중에 지나야 하는 늪에는 될수록 더 늦게 도착했으면 싶었다. 왜냐면 어디를 봐도 이슬이 맺힌 맑은 물 위에 흰색과 초록색 수련이 피어 있고, 황금빛 갈대에 붉은색과 은색 개구리가 매달려 있고, 벤트그라스 풀밭 위에는 거미들이 반짝이는 거미줄을 치고 있다는 묘사가 쉽게 믿어지지 않았기 때문이었다.

바다를 등지고 출발했을 때, 난 늪지대를 본 적이 있었다. 사방을 짓누르는 공기와 코를 찌르는 불쾌한 냄새, 안개가 자욱한 가운데 끝없이 펼쳐진 진녹색의 장막, 거품이 부글거리는 정체 모를 소리와 함께 질퍽한 진흙 사이로 빼꼼히 보이는 악어의 콧등. 그래, 늪 위의 연무 사이로 모기들이 날라다녔고, 짱뚱어들이 반쯤 배를 드러내놓고 눈알을 떼룩떼룩하며 나를 쳐다보았다. 가장 진저리쳤던 건 그전부터 어렴풋하게 느꼈던 침묵이었다. 오래전부터 공포의 여행에서 느꼈으나 차마 말할 수조차 없었던, 나를 짓누르는 압박감. 하지만 이 침묵을 난 알아차렸다. 개구리 떼의 시끄러운 울음소리를 압도할 정도로 엄청나게 거대한 침묵. 이 침묵은 삶에 대한 욕구를 잠재우고, 이 끝나지 않는 하루가 지나면 밤의 날개짓으로 우리를 진흙 속에 파묻으려는 듯 엄청난 무게감으로 다가왔다. 싯누런 땀이 우리의 이마 위로 폭포처럼 흘러내려 숨쉬기도 어려워졌던 것은 바로 이 불가측성 때문이었을까? 나는 그걸 알아봤다. 또한 끈적끈적한 두려움이 목구멍 깊숙이 느껴졌다. 아, 그 두려움. 아직도 그걸 어떤 식으로든 겪을 수 있었을까? 나는 피에 굶주린 갈증, 고립, 무지, 처벌, 당황에서 비롯되는 두려움을 이미 알았다. 나는 그를 알았다.

그 두려움이 공기에 떠다니고 있었다. 그 두려움은 내가 납치되어 여러 주인들을 거쳐야 했던 이 분주한 상업 도시의 바닷가를 따라 곳곳에 널려 있었다. 한때 판잣집과 목책 기둥, 방목된 염소 떼들, 분노가 넘치는 수로에서부터 시작된 도시.

　　내가 소유물이 아닌 다른 존재로서 어떻게 생존할지 상상하려고 노력해왔지만, 좀처럼 쉽게 상상할 수 없었다. 내가 태어난 땅에 계속 있었다면 난 어떻게 되었을까? 예를 들어 내가 완전히 다른 사람처럼 걷고 앉고 서 있었을까? 다른 종류의 우정을 쌓고, 전혀 다른 의견들을 받아들였을까? 어쩌면 종교에 집착했을까? 내게 남편이 있고, 오로지 그 옆에서 아이를 키우며 살았을까? 아이들이 독립할 때까지? 갑자기 난 그런 생각이 들었다. 내가 할머니가 될 수 있었을지도 몰라. 호로새가 퍼득거리고 돌아다니는 안뜰에서 내 손자들이 뛰놀고 있었을지도 몰라.

　　느닷없이 나는 깨달았다. 여기 이 도시에서 나는 결코 할머니가 될 수 없을 것이라고. 여기서 난 아이들이 내 엉덩이만큼 클 때까지만 엄마 노릇을 하는 게 고작일 뿐, 그다음엔 서로 이별을 해야 해. 아이들은 내 삶에서 사라져버렸다. 내게는 어떤 연속성도, 앞뒤로 이어진 데라곤 없었다. 마치 어둠이 드리워진 듯한 종말이 있었을 뿐이야. 그게 죽음이라면, 적어도 나는 확신할 수 있었겠지. 이제 난 알지 못하는 것들투성이야.

내가 낳은 아이들은 어디에 있지? 어딘가에서 마주친다 한들 어떻게 알아볼까? 아니, 아이들을 알아볼 수나 있을까? 때때로 나는 젊은이들과 마주치면, 그들의 모습, 목소리, 태도, 자세에서 나와 닮은 데가 있는지 유심히 살펴보곤 했다. 어쩌면 내 아이들이 이 도시에 있지 않을까? 다른 도시, 다른 나라로 팔려간 게 아닐 수도 있지 않을까? 그렇다면 모성애의 본능이 언제 어디에서 어떻게 만나건 내 아이들을 정확히 짚어낼 수도 있지 않을까? 저 아이가 내 아이라면? 내 아이를 보자마자 나를 관통하는 혜안의 빛으로 내 아이를 끌어안고 싶은 열망을 느끼지 않을까? 엄마들이라면 응당 가지고 있는, 태양보다 더 뜨거운 확신에 따라, 내 머릿속에 남은 달콤쌉쌀한 지식만으로도 꼼꼼한 친자 확인 따위는 없어도 되지 않을까? 결국 엄마란 한없이 넓은 존재이니까.

그런데 그런 일은 아직 일어나지 않았고, 들어본 적도 없었다. 하지만 난 계속해서 젊은 얼굴들을 쳐다보고 젊은 목소리에 귀를 기울였다.

내 후원자의 출가한 딸들이나 둘째 아들이 식솔을 데리고 찾아오면, 그의 손주들을 잘 돌봐주는 것이 내가 할 몫이었다. 그들은 종종 예고 없이 밀어닥치곤 했지만, 난 매우 즐겁게 그 일을 떠맡았다. 어린아이들이 단것을 허겁지겁 먹는 걸 보는 게 좋았다. 아이들이 지칠 줄 모르고 내게 엉겨붙어도, 쉴 새 없이 재잘거려도 좋았다. 그런데 좀 더 나이 든 소년소녀들하고는 잘 어울리지 못했다. 그들을 대할 땐 이상하게도 당황스러웠다. 마치 그들의 태도와 욕구를 의식적으로 감지한 것처럼, 그리고 내 행동에서 직관력의 부족이 드러나는 것처럼, 내가 혼란스러운 마음을 표출했던 것처럼, 심지어 과도한 친절과 상냥함으로도 감출 수 없는 내 결함을 그들이 알게 될까 봐 두려워하는 것처럼. 그래서 난 항상 거리를 두려 했다. 다행스럽게도 그들이 이미 원하는 바를 잘 보살필 줄 아는 노예나 노예 소녀를 데리고 오는 경우도 꽤 있었다. 비록 보모처럼 따라온 노예 소녀들이 성가신 일거리를 내게 떠넘기려고 안달이었지만 말이다. 나는 지저분해진 작은 입들을 닦아주고 끔찍한 비난에 귀 기울여주며 작은 상처나 커다란 공포를 달래줄 위로의 말을 해줬다. 이봐! 이봐! 나는 외쳤다. 앵무새

우리에 손가락을 넣으면 안 돼! 오, 그러지 마! 재미있다고 숨이 넘어갈 때까지 키득대는 작은 몸을 난 꼭 안아주었다.

그러고 노는 광경을 후원자에게 들키고 나면 왠지 마음이 불안해졌다. 게다가 그의 미소라니. 평소에 내가 그에게 보이려고 애써온 자아와는 거리가 멀 뿐 아니라, 그의 침실에서 내가 느끼는 자신감에도 확실히 도움이 되지 않았다. 갑작스럽게 나는 놀이를 중단하고 머리를 숙이고 그가 갈 때까지 기다렸다.

전반적으로 나는 그의 집에서 내 위치와 내게 주어진 활동 영역에 대해 불만을 가질 수 없었다. 나는 내가 운이 좋고 특혜를 받은 사람이라고 생각했고, 권리는 없지만 어느 정도 선택권이 있었다. 내 경험으로 미루어보건대, 모든 노예들이 이 집의 노예처럼 보살핌을 잘 받는 것도 아니었다. 우리는 별채에서 자도록 허락받았는데, 주인의 저택과 같은 돌로 지어진 건물이었다. 별채 바닥에는 카페트 대신에 두터운 코코야자 껍질로 만든 매트를 깔고 잤다. 우리 방에는 정교한 세공이 새겨진 탁자와 붉은 구리빛 물그릇이 놓여 있지는 않았다. 하지만 옛 주인의 노예들이 살던 헛간처럼 지저분하고 답답하지 않았고, 더러운 진흙과 바람에 너덜너덜해진 지붕 구멍 따위는 없었으니, 확실히 내가 운이 좋은 편은 분명했다. 게다가 집 관리가 전체적으로 깔끔했고 또 어떻게 꾸려나가는지 내가 잘 알고 있다는 특권적 위치를 생각해 보면, 사실 투덜댈 이유가 거의 없었다.

또 지붕 딸린 테라스도 있었다. 총애를 받는 위치 덕분에, 난 따로 허락받지 않아도 자유롭게 그곳을 수선할 수도 있었고, 시간이 허락하는 한 틈틈이 그곳에 나가 석양을 즐기곤 했다. 그럴 때면 나는 저 두터운 구름 틈새로 비치는 햇살, 나를 부르던 어두운 바다의 반대편에서부터 집 안으로 들어오는 빛 속에서 완벽한 균형을 이루며 서 있었다. 피할 수 없는 찰나에 나는 마치 유령처럼 재빠르게 덮쳐오는 어둠으로 용해될 수 있었다. 나는 평화롭고 완전한 모습을 유지했다. 개가 짖으면 난 묵상에서 깨어나 소금기 섞인 공기를, 가재의 냄새를, 담홍색 장미의 향기를, 정향과 누에콩 향내를 깊이 들이마셨다. 막 떠오르는 샛별의 향기도 맡을 수 있었다. 그런 의미에서 왜 내가 아이를 기를 수 없었는지 이해할 수 없었다. 그래서 다 자란 아이들이 나의 부족함임을 받아들여야 했다.

그런 이유로, 내게 다시 아이가 생기지 않았다는 사실에 안도감을 느꼈다.

내가 장남의 소유물이 되지 않은 것도 다행한 일이었다. 그의 본성은 아버지와는 전혀 달라서 노예들이 학대당했다는 이야기는 그저 말뿐이 아니었다. 그의 노예 중 몇몇은 어깨에 심한 채찍 자국이 나 있어서 내가 몰래 치료해준 적도 있다. 장남은 특히 남자 노예들에게 짜증을 푸는 듯했다. 사실 그는 여자 노예를 전혀 갖고 있지 않았다. 그의 아버지 집에서 여자 노예들이 별로 필요하지 않았다지만, 그래도 난 왠지 수상하게 생각했다. 항상 채찍을 손에 든 이 건방진 청년에게 우리 여자 노예들은 없는 존재나 매한가지였다. 우리를 필요로 할 때면, 예를 들자면 우리 중 한 명에게 요리 접시를 나르라고 할 때면, 그는 무뚝뚝하게 지시를 했을 뿐, 남자 대 여자의 즐거움에 관한 작가들의 유흥에는 끼어들지 않았다. 그는 부끄러운 듯 쿠션에 반쯤 기대어 음식을 야금야금 먹었다. 그의 흥미를 돋구는 건 오로지 다른 나라의 역사에 관한 대화뿐이었다. 그럴 때면 그의 가는 눈썹 아래서 눈동자가 반짝였다. 그리고 그는 눈을 감았다. 그렇게 그의 얼굴에 긴장이 풀리면 짧고 구불거리는 속눈썹 덕분에 그의 눈꺼풀이 무방비하게 감겼다가, 가끔 아이처럼 새끼손가락으로 귀를 긁고 고개를 흔든 후 다시 눈을 떠 앞을 응시하곤 했다.

그에 관해서는 좋은 일들이 거의 없었다. 내게 그는 서툴고 꽉 막힌 것처럼 보였다. 언젠가 이렇게 오랫동안 그의 무리에서 보내야 할 줄은 꿈에도 생각하지 못했었다. 심지어 그 후로도, 그가 수치스럽게도 우리를 내버리고 남겨진 모든 걸 챙겨간 후에도 나는 그를 이해할 수 없었다. 그는 일부러 무거운 식량을 들고 가는 노예를 일부러 부딪히고 메다꽂은 후 히죽거리는 악취미를 갖고 있었다. 또한 악의적으로 소떼를 때리고 이를 말리는 낯선 사람들과 주먹다짐을 벌이기도 했다. 정말 몸서리치게 싫은 사람이었다. 여자 노예들이 거의 남아있지 않아서 나를 내버려 두었는지, 아니면 내가 당시에 이미 이방인의 소유였기 때문에 감히 공격하지 않았는지 알 수 없다. 지금도 그 이유는 알지 못한다. 이방인과 함께 있어서 난 보호받는 느낌을 받았다.

막내아들이 죽고 난 후 이방인이 처음 왔을 때, 낙담으로 심란했던 나는 그에게 시장에 팔리기 전에 나를 사달라고 간청했다. 또 시장에 매물로 끌려가 수치를 당하게 될

96

까 봐 난 정말 두려웠다. 그때 내가 얼마나 히스테리컬하게 반응했는지, 내 목소리가 얼마나 집요했고 또 뒤로 갈수록 얼마나 떨렸는지, 나는 또렷히 기억한다. 그러고 나서 나는 입을 다물었다. 불확실성의 손아귀에서 몸부림치는 것이 너무 괴롭고 너무 지쳤다. 내가 주제넘고 성급했다고 느껴졌다. 그가 대답할 때까지 그 짧은 시간에 내 긴장은 극에 달했다. 그의 신중함과 내 격렬한 애원이 엎치락뒤치락하는 동안, 그의 앞에서 내 축축해진 손은 힘없이 떨렸고, 무릎을 조아리며 비는 모습은 분명히 알랑거리는 계략으로 보였을 것이다.

내가 경매장에 갈 일이 없을 것이라고 그가 확인해 주었을 때 처음엔 이해되지 않는 안도감에서 곧 이해와 평온함으로 전환되는 순간이 얼마나 사랑스러웠는지. 난 복받치는 울음을 참느라 옷자락으로 입을 틀어막았고, 미친 듯이 소리 지르고 기뻐하고 싶은 감정과 욕구를 억누른 채 그에게 조용히 감사를 표했다. 나는 차분히 그 자리를 떠났다.

내가 믿었던 대로 그는 다시 돌아왔다. 하지만 이번에는 내가 추측하지 못했던 동기가 있었다. 그때까지 난 별 생각 없이 그가 일상적인 사업을 처리하러 왔다고 생각했었다. 비단과 면포를 팔아 철과 구리를 사기 위해 다우 선편대를 통솔해서 무역풍을 타고 왔다고, 낯선 안개 속에 모습을 감추고 있는 다른 해안의 무역 도시들로부터 출발해 물결치는 청녹색의 바다를 가로질러 왔을 거라고. 그래, 나는 그렇게 생각했다. 그와 그의 선원들이 화물을 하역하고 또 다른 화물을 싣기 위해서라고.

그런데 내가 미처 몰랐던 것은, 이번만큼은 그는 선원들에 대한 지휘권을 잠시 내려놓고 직속 부하에게 모든 걸 넘긴 후 여행을 떠날 것이라는 사실이었다. 저 산들과 평원 너머 갈색 제왕나비들이 눈처럼 퍼덕거리는 춤을 추는 곳, 그 누구도 어느 쪽으로 왜 가는지조차 몰랐다. 어쩌다 그런 얘기에 그가 솔깃해졌는지 누구도 이유를 알지 못했다. 그도 달리 이유를 내놓지 않았다. 그는 그저 훌쩍 떠났다. 나는 그가 가장 최근에 획득한 소유물이자 상단의 일원으로서 그와 함께 길을 떠나게 되었다. 이방인과 장남은 무슨 일인지 늘 바빴으며 밤늦게까지 등유를 켜두고 계산하면서 그들에게 가능한 것, 그럴 법한 것, 현실적인 것과 미지의 것의 답을 찾았으며, 어느 한쪽이 지루해질 때까지 그

값어치를 따지고 평가했다. 가능한 것과 불가능한 것이 셈이 맞을 때까지 제안과 포기를 거듭하며 논의되었다. 세부 사항들이 논의되지 못한 채 차곡차곡 쌓였고, 아이디어가 막혔고, 새로운 발상을 내놓았으며, 결국 왜라는 질문은 아무런 의미가 없었다. 공상과 이익이 유일한 동기였다. 유치한 꿈. 먼 곳에 대한 동경. 정교한 계산. 반항적인 충동. 어쩌면 마지막일지도 모를.

그래서, 그런 이유로 우리는 영혼의 미개척지를 향해 출발했다. 집을 바꾸려는 무척추동물, 그것이 우리였다. 모래 위를 미끄러지는 갑각류. 하나의 촉수로 마른 바위 위를 움직이는 말미잘의 군집. 지느러미로 걷는 물고기. 흐느적거리는 심해의 실러캔스. 울부짖는 듀공.

짐꾼과 소떼와 짐꾼의 어깨 위에 실린 가마에 올라탄 여행자들로 이루어진 우리 행렬은 세상 저 끝의 거대한 대양에서 내륙을 향해 굽이치는 길을 가기 시작했다. 그 여정은 비록 멀지만, 장남과 이방인은 지도의 도움을 받아 합리적으로 계산한 끝에 아주 멀지는 않을 것이라고 결론을 내렸다. 적어도 한평생이 걸리는 거리는 아니었다. 모든 걸 고려한다손 치더라도, 최근 도시에 도착했던 유능한 뱃사람들이 광활한 미지의 바다에서 겪은 풍랑을 과장하며 떠벌였던 것을 생각해보면, 내륙으로 가는 지름길일 수도 있었다. 게다가 그들 중 많은 선원들이 괴혈병에 걸렸던 숱한 사례만 봐도 바닷길은 극한의 한계치를 시험할 공산이 더 컸다.

우리에게 그들은 갑자기 아무것도 없던 곳에서 나타난 것이나 다를 바 없었다. 마치 그들이 바다의 칼끝 위를 천천히 가로질러 온 것처럼, 누더기처럼 기운 돛에 원숭이처럼 민첩하게 기어오른 선원들이 거대한 범선을 힘겹게 끌고 온 것처럼 말이다. 우리는 깊은 인상을 받지 않았다. 혹은 그게 그리 명백하지 않았다. 하지만 다들 해안가에 모이거나 테라스 지붕에 올라가 구경했다. 부유한 사람은 가마를 불렀고, 개구진 아이들은 코코넛 나무 가지에 올라갔다. 목수는 도구를 내던지고 할 일을 잊어버린 채로 서서 쳐다봤다. 새 거래처에 대해 의심을 품은 상인들은 상회를 닫고 서기 몇 명을 데리고 조용히 느릿하게 걸으며 잡담하고 인사를 주고받고 지루함을 가장한 채 우리의 위험천만한 해안에 닻을 내린 장소로 향했다. 우리가 가지지 않은 것 중 그들이 제공할 수 있는 것은 무엇일까. 이것이 일반적인 감정이었고 도시는 그다지 열광하지 않았다. 그 정도로 보이지는 않았기 때문에. 새로운 도착은 태연하게 환영받았고, 의심스럽지는 않았지만, 하지만 뭐랄까… 그 정도로 보이지는 않았다.

장남은 이 배에 처음으로 초대받은 사람이었다. 그는 해양에 관한 해박한 지식을 이유로 이방인에게 동행을 요청했다. 녹색 머리띠에 녹색 줄무늬가 있는 로브를 입은 이방인이 얼마나 고귀해 보였는지, 그가 지휘관 갑판에 서서 수염 난 신참들을 내려다 보았던 모습을 난 기억하고 있다. 그와 장남은 선원들의 언어로 대화를 시도했다. 손짓 발짓을 동원했고, 고개는 위아래 좌우로 계속 끄덕거렸다. 우리는 호출을 대기하고 있었다. 우리는 많은 것을 듣고 배웠다. 지구 원반의 반대쪽 끝에 있는 땅에 대해, 세상의 끝을 따라 여기까지 항해해 온 먼 여정에 대해. 그리고 신들이 선원들을 세상 끝에 몰고가 나락으로 떨어뜨리려 한 막강한 폭풍에 대해, 그만 돌아가라고 경고하는 울부짖는 바람 속에서 들었던 목소리에 대해. 또 그들이 신선한 물을 얻으려고 들른 땅에서 만난 괴수들의 이야기도 들었다. 그들은 부러진 돛대를 고치는 동안 봉화를 세웠고, 적대적인 원시

종족들도 만났다. 선원들은 노란 돛의 붉은 기호를 가리키며 자신들—그러니까 두툼하고 특이한 옷을 입은 통통하고 털복숭이 남자들—이 왕을 위한 항해 중이라고 설명했다.

파도의 탄생처럼 어느덧 아이디어가 생겨나 조용히 부풀어 올랐다. 도시에서 가장 부유한 상인의 장남, 아직 미혼인 그는 먼 땅에 느끼는 호기심 때문에 이방인에게 매력을 느꼈고 성가신 질문을 계속했다. 아버지의 죽음 이후 가장 중요한 무역 이익을 물려받게 된 장남은, 모든 사람들이 상상 속에나 존재한다며 조용히 비웃고 있는 목적지를 향해 출발하기 전날에 서둘러 결혼식을 올렸다.

오직 비웃지 않는 한 사람이 바로 이방인이었다. 하지만 그는 자신의 운명을 봉인하려고 장남을 설득했다. 높은 바다를 지나 한 대륙에서 다른 대륙으로 오가는 여행, 폭풍으로 고통받고 몬순으로 축복받는, 잘 알려진 물길을 지나는 해로海路를 잠시 중단하고, 막연하나마 미지의 내륙 여행을 시도해 보자고 말이다. 현기증 나는 급류에 익숙했던 시선이 이제는 숲과 늪지의 녹색에, 이팝나무[11]에 가려진 협

---

11   Old man's beard: 이팝나무 또는 흰줄나무는 아프리카, 아메리카, 동서아시아의 열대 및 아열대 지방에 자라는 나무로 학명은 Chionanthus virginicus이다.

곡과 가파른 절벽에, 천천히 흐르는 강과 평야, 돔 모양의 언덕으로 이루어진 지평선에 익숙해져야 했다. 별들은 더 이상 불안정한 수면 위가 아니라 딴딴하고 부동不動의 대지에 깃들어 상대적으로 더 평온하고 확실한 경로를 비춰주었다. 땅에 깃든 별은 더 고요해 보였다. 밤은 더 짙어 보였다. 모든 것이 더 의지할 만하게 보였다.

그게 진실로 모험 정신이었는지는 의심스럽다. 무엇 때문에 그가 어리석은 일을 자초해서 황야 한가운데서 사소한 죽음을 맞이하고 마지막 소유물인 나의 애도를 받게 되었을까. 나는 홀로 남아 강둑을 오르내리며 불안하고 구슬프게, 다급하게, 절망적으로 외쳤다. 나무와 나무 사이로 강 위를 가로지르는 물수리는 나를 조롱하며 거대한 악어의 명령에 따라 접근 금지를 알렸다.

파충류의 뱃속에서 그는 종말을 맞이했다. 때때로 웃음을 참기 힘든 순간들이 있었다. 그건 정말이지 웃음을 살 만한 별난 죽음이었다. 인간은 지구의 다른 거주자들을 음식으로 간주하는 것에 너무 익숙했고, 그래서 다른 짐승들을 음식의 자명한 원천으로 받아들이고, 먹을 수 있는 건 무엇이든 소화하는 데 익숙해져 있다. 더구나 소화를 좋게 한다고 조미료를 더하거나 그릇에 맛깔스럽게 내놓아서 요리를 예술의 경지로 끌어올리고, 시끌법적한 잔치상을 차리고, 제의처럼 딱딱한 식문화를 만들기도 한다. 즉 아주 자연스러운 영양 섭취를 복잡하고 까다로운 절차로 만드는 데 너무나 익숙한 나머지, 인간 스스로가 짐승의 먹이가 되는 것은 실로 끔찍하도록 우습게 보인다. 무적의 강력한 존재가 매섭게 노려 휘두른 꼬리 한 방—사실 겨냥을 잘했다기보다 무의식적인 완벽한 한 방에 나가떨어졌을 뿐이다—에 강물에 빠져 버리고 급기야 먹이감이 되고야 말다니.

어쩌면 그의 영혼은 거품에서 무사히 탈출했을까? 내 동료인 물의 정령이 질투심에 사로잡혀서 그를 사로잡고 싶었던 것일까?

나는 더 이상 생각하기 두려웠다. 물에 속하는 나는 결코 그가 그렇게 되기를 바란 적이 없었다. 아무리 우스꽝스럽다 한들, 그는 더 이상 산 자가 아니다. 차라리 매장되어 벌레에게 먹히는 게 나을 정도로 악어의 똥이 되어버린 것이 아무리 어이없다지만, 그는 소멸했다. 더 이상 세상에 없다.

그때부터 나는 그의 죽음의 본질에 대해 주의 깊게 계

속 생각했다. 그것을 평범한 사고로 치부함으로써, 나는 상황을 은폐하고 전혀 다른 이야기로 각색하려 했다. 심지어 외로움이 극에 달하면, 난 그를 독하게 저주하고 그의 고귀함을, 내가 결론 내린 대로, 완강한 고집불통으로 비난했다. 내 위대한 영혼의 이름이 결코 등장하지 않는 비유적 표현을 써가면서 말이다. 그의 피를 마신 땅에 저주 있으라. 나는 차라리 그렇게 말하는 쪽을 선택했다. 그리고 혐오스러운 것을 땅으로 쫓아내기 위해, 혹은 하이에나와 독수리의 몫을 위해, 나는 악어의 지배자가 사는 검은 물웅덩이에 하마를 위한 공양물을 가져갔다. 그리고 엄숙하게 내 상아 팔찌를 던져 넣었다. 팔찌는 소리 없이 가라앉았고, 파문조차 거의 남기지 않았다. 조화는 회복되었고 침묵 속에서 바람에 실려온 것은 강물의 수호자인 물수리의 울음소리뿐이었다.

나 역시 물에서 죽음을 맞게 될 운명인지 알 수 있다면! 그건 오래도록 내가 바라왔던 소망이다. 어쩌면 그가 살아온 바다에 충직하지 못했으니 물이 그의 피할 수 없는 운명이라는 사실을 받아들여야 했다.

나는 물에 충직하기로 맹세한다. 타조알 껍데기를 강

물의 거품 속에 담글 때마다, 나는 주문을 외운다.

물, 그래, 물이여

너는 갈대밭에 살며

바오밥 나무의 텅 빈 구멍에도 산다

물, 너는 공기에서 나오며,

물, 너는 땅에서 솟아올라,

땅을 덮는다

땅의 밑에서, 땅의 위에서 산다

너의 정령은 한 방울에서도

홍수와 폭풍에서처럼 위대하다

열정적으로 나는 너를 모으고 마신다

물이여, 너는 내 안에 있다

흐르는 물에는 달콤한 맛이 난다. 이방인이 사라진 후, 여기로 흘러오게 된 것은 감사할 일이다. 겸손하게 말해, 나를 인도해 준 내 물의 정령에게 감사한다. 그리고 뇌우가 바오밥 나무를 멋지고 깨끗하게 씻겨주고 싹을 틔우도록 해준 것에 감사한다. 그리고 박쥐의 희고 악취나는 똥을 비료로 삼아 돌연 모든 잎새들이 돋아나고, 나뭇가지마다 큼직한 꽃송이가 피어난 것에 대해서도 감사한다.

나무에 꽃이 피고 나서는 난 더 이상 우울하지 않다. 이제 여행을 내가 겪어야 했던 혼란으로 볼 뿐, 더 이상 그걸 설명하고 납득하려 하지 않았다. 나는 나무의 이름을 크게 부른다. 물, 공기, 불, 바람, 땅, 달, 해, 내가 소리쳐 부를 수 있는 모든 것들의 이름을 부른다. 내 자신의 이름도 외쳐보지만, 내 이름에는 아무 의미가 없다. 하지만 나는 여기 존재한다.

하루는 바오밥 나무로부터 도망쳤다. 아무 목적 없이 평원으로 내달려 바위 뒤로 숨어버렸다. 그리고 입을 벌려 소리를 토해냈다. 나는 코를 킁킁거리는 누우도 아니고, 날개짓으로 소리를 내는 뿔메뚜기도 아니고, 우렁찬 소리를 내는 타조도 아니다. 나는 말을 하는 인간이니 틀림없는 사람의 소리로, 이 어스름한 허공에 고발의 말을 쏟아내야 했다. 허공에 퍼진 피맺힌 절규로 내 주위의 모든 사물을 표현하고자 했다. 아주 긴 날것의 소리로 이 모든 걸 지배해야 하니까.

밤이 되자, 사자의 으르렁대는 소리가 들렸다. 때때로

나는 일어나 불길에 나뭇조각을 던진다. 종종 불빛 너머로 녹색으로 빛나는 두 눈을 본다. 아침이면 나는 소인족들이 가져온 덩이줄기를 재 속에서 굽고, 막대기로 몽키 오렌지¹²의 단단한 껍질을 부숴 과즙을 마신다. 한 모금의 물, 구워진 구근, 이제 나는 시간에 맞선 투쟁을 다시 시작할 준비를 마친다. 우리는 끝없이 둥그런 원을 그리며 싸운다. 나는 비록 구슬을 기발하게 다루지만, 그렇다고 시간을 자르고 나누어 패턴을 만들거나 통제하려 들지 않는다. 종종 혼란에 빠져 무슨 구슬을 어떻게 연결할지 잊곤 한다. 그저 기분에 따라 녹색 구슬과 검은 구슬을 섞을 뿐이다. 내게서 시간을 떼낼 수도 없다. 시간은 바오밥 나무 앞에 계속 쪼그리고 앉아 있다. 내 인생에 있었던 모든 것들은 항상 나와 함께 동시에 있었으며, 사건들은 차례차례 순서에 맞춰 줄서기를 거부한다. 사건들은 서로 얽혀 있고, 때로 자리를 떠나 흩어졌다가, 내게 강요하거나 내 기억에서 흘러넘쳐 사라지려고 한다. 내 기억의 목걸이로 그것들을 다루는 데 어려움을 느낀다. 나는 시간을 다루는 태평한 작은 목동이

---

12   학명은 Strychnos spinosa. 푸른 원숭이 오렌지 또는 카피르 오렌지라고 부르며, 열매가 익어 노랗게 물들면 개코 원숭이들이 좋아한다.

아니다. 낮과 밤이 지나간다. 여름과 겨울이 한 차례 지났고, 또 다른 여름이 흐른 후 이제 새로운 겨울이 온다. 이런 건 헤아리기 쉽다. 하지만 지금의 나로 만든 시간은 단순하지 않으며, 내 안에서 다른 리듬으로 흘러간다.

4.

강에서 몸을 씻을 때, 종종 나는 고요한 웅덩이에 반사되는 모습을 정밀하게 바라보며 내가 얼마나 나이가 들었는지 가늠하려 한다. 물론 그것은 쉽지 않은 일이다. 나와 물이 아무리 가만히 있으려 해도, 끊임없이 물에 비친 내 모습은 일그러지고, 물의 파문이 알랑거리며 나이의 주름을 대신하기 때문이다. 난 나를 향해 조약돌을 던진다. 나는 기괴하게 위아래로 흔들리며 쪼개어진다. 가만 있지 못하는 나. 그리고 나서 물 속에서 나뉘어진 자신으로부터 물러난다. 내 영혼은 얼마나 힘겨운가. 나는 햇빛을 쬐며 몸을 말리고, 옷을 입고, 길을 따라 거처로 돌아온다. 곧 코끼리가 몰려올 것이다. 태양은 이미 바오밥 나무 가지에 걸

려있다.

가끔씩 단순한 멜랑콜리에 젖는다.

소인족들의 딱딱거리는 언어가 잘 이해되지 않는다. 마치 게코 도마뱀이 말을 배울 때처럼 들린다. 어쨌거나, 내가 어떻게 그 말을 배울 수 있을까? 그 기이한 첫 번째 만남 비슷무레한 것 이후로, 그들은 내가 들리는 거리에선 거의 말하지 않는다. 어느 날엔가 그들이 기린을 데려오는 걸 보았다. 그들이 동물의 가죽을 벗기고 자르는 동안 그들은 흥분한 듯이 떠들더니 결국 싸움이 붙었다. 적어도 내겐 그렇게 보였다. 주의 깊게 들어봐도 무슨 소리인지 도통 모르겠다. 그것은 도마뱀과 딱딱거리는 딱정벌레를 위한 언어다.

존중하는 의미에서 나는 그들 눈에 띄지 않으려고 바오밥 나무 입구에 서 있었다. 억지로 나를 쳐다보게 해서 그들에게 불쾌감을 주었던 그때 이후로, 나는 더 이상 그들에게 강요하지 않기로 하고, 그들이 가져다 주는 어떤 음식 쪼가리나 물건도 감사하게 받아들이고 있다.

매번 쓸모없는 물건들도. 한 줌도 안 되는 작은 황금빛 손톱 같은. 그것들이 얼마나 빛나고 또 예쁜지. 나는 이미 구슬, 이징가미, 타조알 껍질, 옷가지를 가지고 있는데, 그중 가장 놀라운 것은 세월 때문에 검게 변색되었지만 여전히 완벽하게 사용할 수 있는 점토 항아리였다. 소인족들이 발견해 가져온 이 항아리는 물을 담아 머리에 이고 오기에 딱 맞았다. 게다가 이토록 사랑스러운 장난감들이라니.

생각이 흘러 흘러 이 마을의 가장 놀라운 역사를 상상해본다. 툭 튀어나온 벽들과 갈지자 무늬로 쌓아올린 돌들이 초원 멀리까지 울려퍼지는 예언을 전해준다. 그 마을은 여행 중에 여자들이 짓고 있는 것을 봤던 마을과 얼마간 비슷하다. 사실 우리는 그런 돌로 지은 마을 여러 곳을 지나쳤다. 어떤 곳은 버려지고 무너졌으며, 어떤 곳은 절반쯤 완성된 채 잔해로 남겨졌으며, 또 건설 중인 마을도 있었다. 테라스와 집, 사원과 헛간을 지탱하는 벽들은 모두 여자들의 노동으로 세워지고 있었다. 남자는 어디에도 안 보여서 내겐 거의 수수께끼처럼 느껴졌다.

하지만 아마도 남자들은 사냥을 나갔겠지. 그렇지 않을까요? 나는 어깨 너머로 이방인에게 물어보았다.

그런 것 같아. 그는 대답했다.

왜 여자들끼리만 집을 짓고 있을까요? 항상 돌을 직접

옮기고, 길에 깔고, 계획까지 직접 세우면서요?

이상해, 이상해. 이방인이 대답했다.

흔들리는 가마를 타고 우리는 양쪽에 있는 열성적인 여자 일꾼들을 신기하게 바라보았다. 나는 해를 가리기 위해 커다란 잎으로 눈 주위를 가리고 있었다. 마치 진짜 귀부인처럼 가마에 앉아서 내려쬐는 태양 아래서 일하는 군중을 지켜보며 논평하고 관찰하고 있노라니, 밝고 태평한 기분이 들었다. 이토록 삶이 즐거웠던 적이 또 있었을까.

어쩌면 남자들이 전쟁에 나간지도 몰라. 아니면 우리를 공격하려고 준비 중이 아닐까. 이방인이 농담을 했다.

우리 지도자는 뭐라고 해요? 나는 물었다.

오, 그는 항상 기분이 안 좋아. 너무 진지하거든.

맞아요.

나 자신이 특별히 지위가 높고, 범접할 수 없으며, 이동 중에 일시적인 관찰자가 된 것처럼 느껴졌다. 이 자리에 앉아서 동정을 담아 할 말을 생각해 냈다. 어쩌면 그들은… 노예 여성이라고 말할 뻔했지만, 차마 말이 목에 걸려 나오지 못했다.

어쩌면 그 여자들 중에 남겨진 가족들 중 일부가 있을

지도 몰랐다. 어쩌면 내가 이곳이나 이 근처 출신일지도 몰랐다. 그런 질문은 묻지 않고 그냥 두는 게 현명했다. 아니면 혹시 남자들이 노예 사냥에 나서는 동안, 여자들이 대신 일해야 하는 것일까? 여자들의 상체는 벌거숭이였다. 그녀들은 달팽이 껍데기와 구슬로 장식한 다채로운 색의 부적을 목에 걸고 있었고 발목에는 구리줄로 된 발찌를 하고 있었다. 그래서 나는 완벽한 특권과 선택받은 자를 위한 경호를 받으며 가마를 타고 있었다. 지도자 중 한 명의 선택받은 하녀, 아니, 하녀가 아니라 첩의 지위였기 때문이다. 나는 내가 맹목적으로 사랑한 남자와 수많은 하인들과 함께 낯선 곳에서 자유를 느꼈고, 냉혹한 지도자에 대해서는 쉽게 잊어버리곤 했다. 도망칠 기회는 전혀 없었다. 적대적인 사람들의 자비심에 나를 맡긴다고? 얼마나 어리석은 짓인가. 나를 반겨줄지, 도와줄지 전혀 보장이 없는 상황에서 이 여자들과 접촉하려는 것은 어리석기 매한가지다. 그래서 나는 오만하지만 탐내는 눈빛으로 푸른 초원 위의 갈색 돌담을 바라봤다. 건물은 직각은 아니지만, 땅의 굴곡을 따라 부드러운 곡선으로 이어졌다. 그렇게 여성들이 세웠다.

잠시 후 나는 앞에서 가마를 메고 가는 사람의 머리에

서 뭐가 있는 걸 알아차렸다. 그가 그곳에 잔돈을, 아마도 훔친 돈을 보관한다는 걸 알게 됐다. 가마꾼은 무게를 분산하려고 끊임없이 위치를 바꾸고 있었기 때문에 오늘밤 난 그에게 더 잘 숨기라고 경고할 참이었다. 오래지 않아 장남을 모실 때, 그가 저렇게 눈에 띄는 위반 행위를 벌 주지 않고 그냥 넘어갈 리가 없다. 불쌍한 사람. 그는 언젠가 도망칠 생각이었을까? 어느 날 밤에 도망치다가 마을에 들러서 음식을 사려고 한 걸까? 그는 머리에 무거운 금속을 숨기고 부리나케 달릴 때, 그의 심장은 기쁨에 들뜨고 내면은 공포로 텅 비어 있을까?

사실 그는 우리의 첫 번째 손실이었다. 명백히 그는 잘 숨었다. 두 번째 손실은 조금 더 효과적인 일격이었다. 아름답고 부드러운 아프리카 물소 떼가 밤 사이에 흔적도 없이 사라져버린 것이었다. 마치 물소들이 배를 땅에 대고 긴 뿔을 서로 부딪치며 애처럽게 발굽을 구르자, 땅의 정령이 동굴을 열고 하나씩 그 안으로 들여보내준 것처럼.

그때서야 밤에 보초를 세우지 않았다는 사실을 알게 되었다. 왜냐면 한 번도 그런 적이 없었기 때문이었다. 또한 마땅히 보낼 추적자도 없어서, 비가 쓸고 간 초원에서 우리의 진흙 발자국, 사소한 흔적들과 사방에 돌아다닌 무지의 증거 외에는 아무것도 발견하지 못했다.

그것은 심각한 손실이었다. 소떼들은 무거운 짐을 운반할 뿐만 아니라, 굶주림이 닥쳤을 때 마지막으로 호소할 수단이었으니까. 게다가 내륙의 부족들과 음식이나 정보, 혹은 필요하다면, 보호를 요청할 때 소와 교환하자는 게 우리의 의도였다. 적어도 그렇게 계획했었다.

원정대의 지도자들 사이에서 벌어진 첫 번째 논쟁은 불편한 침묵으로 끝났다. 잠시 분노가 표출되고, 날이 선 비난이 튀어나온 후, 둘 다 물러났지만 갈등은 여전히 풀리지 않았다. 마치 두 사람의 머리에는 두루미의 빛나는 볏이 분노처럼 곤추서 있었고, 경직된 얼굴은 화해할 뜻이 전혀 없어 보였다. 고집스러고 거만하게 오래 가만히 앉아 있지 못했다. 뱃사람은 한시도 멈추지 않고 뛰어다녔다. 그의 길인 바다는 결코 쉬지 않으니까. 바다는 뱃사람을 잡아당기고 밀쳐내고, 위아래로 흔들고, 좌현 우현으로 밀어내고, 물을 튀기고 파도로 휩쓸고 만다. 바다는 변덕스럽게 형태를 바꾸고 산처럼 높이 솟구쳤다가 깊고 푸른 소용돌이를 일으키며 뱃사람을 끌어당긴다. 잠시 잠잠해지는 듯 고요한 진녹색 수면 아래로 뱃사람을 가두기도 한다. 바다는 끝없이 변화하면서 동시에 변하지 않으며, 변화의 영속성과 예측 불가능성만이 예측 가능한 것이 된다. 그것은 변덕스럽지 않고 늘 그랬다. 이러니 걷는 게 차라리 낫다고, 이방인은 자조하듯 설명했다. 간단히 말해, 이방인은 휴식을 취하지도 평온하게 있지도 않았다. 즉, 노예들의 일을 편하게 해주려고 마냥 걸었다.

　나도 어떤 날에는, 주로 아침 일찍 그렇게 했다. 내 겉옷에는 아침 이슬에 젖은 흔적이 남았다. 희미한 여명이 빛을 주었다. 나는 점점 더 성큼성큼 걸으며 긴 그림자를 따라잡으려 했다. 내 그림자의 머리를 밟기 위해서. 내 자신을 따라잡지 못했지만, 행복하게 한숨을 내쉬었다. 새들이 풀밭 위에서 윙윙 날아다녔다. 내가 관찰한 바로는, 스틴복영양은 총총 뛰다가 쉿쉿 사라졌다. 붉은 사슴들은 표정 없이 되새김질을 하고 있었다. 바위처럼 단단한 흰색 코뿔소, 잠시도 가만히 있지 않는 붉은 자칼. 떡진 갈기를 한 사자 한 마리가 만족한 듯 하품을 하며 우스꽝스럽게 몸을 구르고 있고, 그 코 근처로 파리 떼가 윙윙대고 있었다. 등 뒤로 해가 뉘엿뉘엿 떨어질 무렵, 난 가마꾼들을 가까이 불렀다.

오래 전에 그들과 대화하려는 시도를 포기했었다. 내 요청은 말없이도 충분히 가능했다. 대답은 없었고, 질문도 없었다. 그건 좀비들에게 다가가려는 시도 같았다. 이런 유형과 함께 일해야만 했던 도시와 달리, 여기 미지의 자연 속에서 그들이 얼마나 비인간적으로 행동하는지를 보고 충격을 받았다. 내키지 않든 혹은 겉보기로 순종을 하든, 그들의 행동은 마치 토콜로시[13]와 흡사하다는 생각이 들었다. 그들의 눈은 별나게 공허했고, 그들의 움직임은 마치 내장된 명령을 따르듯 기계적이었다.

저 사람들은 넋이 나갔나봐요. 나는 이방인에게 속삭였다.

전에는 그걸 몰랐어?

나는 놀라서 그를 쳐다봤다. 우리는 강둑 위에 멋진 오이 나무 아래서 한낮의 열기를 달래고 있었다. 장남은 평소처럼 어디로 가는지 우리에게 아무 말도 없이 산책을 하러 사라졌다. 그리고 우리 둘은 서로의 존재에 너무 행복한 나머지, 그의 병적인 내향성에는 별 신경 쓰지 않았다. 우

---

13 Tokoloshe: 남아프리카 줄루족의 신앙에 등장하는 악령으로, 작고 마른 몸에 새빨간 눈을 가졌으며, 밤에 잠을 잘 때 사람들을 괴롭히는 장난을 친다고 전해진다.

리 둘은 충분히 자족적이었고 서로의 관심을 끌기 위해 열정을 쏟았기 때문에, 그런 심보 나쁜 사람이 어디로 가든 말든 관심없었다.

우리는 노예들이 차린 식사를 막 끝낸 참이었다. 그중 한 사람이 전날 밤 날개미를 한가득 모아 괜찮은 소스를 만들지 않았다면, 걸죽한 수수죽을 꾸역꾸역 삼키느라 꽤 고생했을 것이다. 그게 며칠 동안 우리가 먹었던 음식이었다. 소떼들이 사라지고 난 후(아니, 도둑맞았다고 할까?) 짐의 재분배가 이루어졌고, 일부 물품들은 어쩔 수 없이 버려야 했다. 그때 실수로 인해—실수였다고 믿고 싶지만—버린 짐에는 쌀, 말린 새우, 망고 처트니, 말린 무화과 케이크, 코코넛, 대추 등 많은 것들이 포함되어 있었다. 부주의함에 대한 비난은 없었지만, 불화가 이글이글 타기 시작했다. 한 지도자는 선봉대를 맡았고, 또 다른 지도자와 나는 후발대에 있었는데, 그렇게 불신과 일련의 노예들이 양측을 갈라 놓았다.

벌새가 우리 머리 위에 드리워진 자주색 꽃무리에 달라붙었다. 비둘기들은 나른하게 구애를 했다. 사실상 정적이 감돌았다. 갈대의 솜털 사이로 물이 빛났다. 애무하는 듯한 미풍. 나는 귀를 기울이며 속삭였다. 내게 말해 봐.

밤이 되자, 나는 친숙한 정령들의 이름을 부르며 이방인에게 신비로운 척하며 속삭였다. 하이에나가 킁킁거리는 소리 들었어요? 당신이 깊이 잠들 때랑 똑같네요. 멀리서 비비원숭이들이 울부짖는 소리도 들려요?

달빛 사이로 우뚝 솟은 땅멧돼지의 혹을 봤어요? 긴 코로 킁킁거리며 시체를 뒤적이는 건요? 우리가 오는 길에 마주친 가난한 마을 사람들 기억해요? 그들은 무엇이 자신들을 습격했는지 알지 못해요. 여기저기 출몰하며 자신의 정령들에게 무덤을 헤집어놓게 하는 마법사에 대해서도 알지 못하죠. 밤의 어둠 속에서 불꽃처럼 붉게 빛나는 눈, 가늘게 뜬 그 악마의 눈을 본 적이 있나요? 으르렁대고, 발을 질질 끌며 뭔가를 뒤적뒤적거리는 소리, 그리고 뼈가 부서지는 소리를 들은 적은요? 나는 악령들을 마을로 보내 촌장의 무덤을 찾게 하죠. 겁을 먹은 소 떼는 아무 소리도 내지 않고 비켜서 있을 뿐이죠. 다음 날 암소들은 머리가 둘 달린 송아지를 낳고, 악령들을 태우고 돌아다니는 바람에 황금빛 수수밭의 줄기는 모두 짓밟혀 수확은 헛수고가 되어버렸죠. 그리고 엄청난 기근이 우리가 여행하는 지역들을 전부 휩쓸고 말아요. 창고마다 바구니는 텅 비고, 가축들이 죽어요. 사람들은 한쪽 눈은 불꽃처럼 벌개지고 다른 눈은 가늘게 뜨고 서로를 쳐다보다가, 가장 약한 자를 덮쳐 잡아먹게 되죠. 그들의 입술과 손가락을 잘라내고 물그릇 안에서 피를 흘리다 죽게 내버려둔 다음, 그들을 요리해서 먹어치우는 거에요. 가장 맛있는 부위는 강한 이들의 몫이고, 내장과 육즙은 아이들을 위해 남겨둘 테죠.

이방인은 등을 대고 눕더니 나뭇가지와 짙은 녹색 잎새의 격자 사이로 비치는 푸른 하늘을 올려다 보았다.

재밌는 이야기네. 그는 말했다. 그는 머리를 팔로 받치곤 계속 말했다. 나도 종교나 다른 미신 없이, 어떤 종류의 도피처도 없이 살아보려고 했어. 그런데 알고 보니 최근에야 가장 커다란 환상에 사로잡혀 버렸지. 이제 나는 근시안적인 것에서 위안을 찾고 매일매일을 살 뿐 더 멀리 내다보지 않아.

그리고 뭔가 생각에 잠겨 중얼거려서 나는 제대로 이해하질 못했다. 그가 내게 용서를 구하는 소리를 들은 것 같았다. 그는 중얼거림을 멈추더니, 자리에서 일어나 앉아 나를 유심히 보았다.

끝까지 이야기를 이어가야만 해. 그는 결정했다. 모든 이야기는 끝나기 마련이니까. 잠시 그는 가만히 멈춰서, 오이나무 주위를 돌고 도는 찌르레기 떼를 쳐다보았다.

내가 아는 건, 내가 그러고 싶다는 것뿐이야. 그는 날카롭게 말했다. 마치 내가 입밖에 내지도 않은 질문에 대답하는 것처럼. 그냥 그러고 싶어. 그렇게 덧붙이는 그의 입가에는 희미한 미소의 흔적마냥 주름이 새겨졌다. 나는 생각했다. 사람은 우스꽝스러우면서도 고귀할 수 있구나. 적어도 그렇게 되려고 애쓰는구나.

그때 왼쪽의 낮은 덤불 사이로 뭔가가 튀어나왔다. 장남이 공포에 질려 펄쩍펄쩍 뛰며 소리를 지르며 우리 쪽으로 맹렬하게 달려오다가, 관목 덤불에서 광대처럼 굴러 미끄러졌다. 관목나무에 옷자락에 걸려 더 나아갈 수 없자, 그는 절망적으로 옷자락을 잡아채며 지팡이로 덤풀을 때리려 가시의 덫에서 벗어나려 애썼다. 하지만 점점 더 얽혀들자 결국 옷을 찢어야만 했다. 그러는 내내 그는 쉰 목소리로 우리와 노예들에게 납작 엎드려 숨고 빨리 기어서라도 도망치라고 명령했다.

우리는 홀린 듯 그의 명령에 따르는 대신 멍하니 선

채로 그 광경을 지켜보았다. 장남은 나지막한 저주의 말을 내뱉더니 관목에서 빠져나와 우리 쪽으로 쓰러졌다. 저 강 쪽에 군대가 이리로 오고 있다고 설명했다.

엎드려! 엎드려! 그는 헐떡거리며 재촉했다. 그는 뙤약볕 아래 꽤 먼 거리를 달려 온 게 분명했다.

그 자신도 빽빽한 갈대 뒤로 무릎을 꿇더니 마치 기도를 하는 것처럼 조용해졌다. 나는 그를 따라해야 하는지 잠시 망설였다. 이방인과 나는 비록 자신감과 대담함은 확연히 줄었지만, 서로 재미있다는 표정을 교환했다. 그리고 그때 노예 중 한 명이 무언가 다가오는 걸 보고 조용히 손짓을 했고, 우리도 각자의 위치에서 바닥에 코를 대고 납작 엎드렸다.

나는 고개를 가만히 한쪽으로 돌려 강 쪽을 바라보려 했지만 아직 보이는 게 없었다. 새들의 날개가 조용히 아치를 그리고 있었다. 물새들은 아직 경고를 받지 못했다. 난 갈색 오리가 얕은 물 위를 미끄러지고 갈대밭 위로 튀어나온 커다란 왜가리의 머리가 꼼짝않고 있는 것을 보았다. 얼굴을 살짝 더 들자, 물총새가 물 속에 막 뛰어들려는 듯 긴장된 정지 비행을 하고 있고, 먼 강둑에 완전히 자란 야생 무화과들이 초원 사이에 벽처럼 둘러져 있었다.

귀가 도움이 되었다. 노가 찰싹거리는 소리를 듣고 더 집중해서 귀를 기울였다. 사람의 목소리가 들리는 것 같았다. 우리가 위험이 지나가기를 기다리며 야생 동물처럼 엎드려 있는 곳으로 소리가 가까워졌다. 조금 있다 갈대가 들쭉날쭉 갈라진 틈으로 몇 개의 움푹 패인 나무배들이 왼쪽에서 오른쪽으로 일종의 진형을 이루며 쌍을 지어 지나가는 모습을 보았다. 각각의 배에는 노젓는 사람들이 힘차게 노를 지으며 상류로 올라가고 있었다. 노는 리듬에 맞춰 물을 찰싹 쳤다 밀어내기를 반복했다. 그들의 전진은 매우 여유로와 보였다. 아마도 물살이 역방향으로 세차게 흐르는 것 같았다. 대형의 중간쯤 유난히 큰 통나무 배가 혼자서 빠르게 미끄러져 지나갔는데, 선원들의 팔뚝에는 동물 꼬리 같은 게 둘둘 말려 있었다. 선미에는 은빛 원숭이가죽 망토를 어깨에 두른 한 남자가 왕좌처럼 보이는 곳에 앉아 있었고, 그 옆에는 누군가 야자수잎인지 풀인지, 혹은 둘을 다 섞어 꼰 차양을 들고 그에게 햇살을 가려주고 있었다.

내가 들은 건 말소리가 아니었어. 난 깨달았다. 그건 노젓는 이들이 힘을 쓰며 내는 신음 소리였다.

커다란 왜가리가 고개를 들었다. 왜가리는 그림자가 물에 비치지 않도록 조심하며 한 걸음 한 걸음 걸었다. 한편 오리들은 사이 좋게 둥둥 떠다니다가 꽥꽥 울며 몸을 털고 꼬리를 흔들었다. 물총새는 사라져 버렸다. 푸른 야생 무화과나무의 녹색을 흐릿한 배경으로 하고, 통나무배 선단만이 고통스러울 정도로 느린 속도로 조금씩 나아가고 있었다.

꼼짝하지 않느라 내 근육에 경련이 일기 시작했기 때문에, 저 정체 모를 그 전사들이 서둘러 떠났으면 했다. 게다가 재채기도 하고 싶었다. 강물 건너편에까지 내 소리가 들릴까 싶었지만, 안전을 위해서 참았다. 정말로 그들이 전사이고 우리에게 적대적이라면, 그러면 우린 모두 끝장난 것이었다. 그렇다면 나는 잡히기 전에─이건 나 자신에게 벌써 맹세했던 일이다─이방인이 허리띠에 차고 있는 단검으로 자살하고 말 것이다. 그들이 전사이든 아니든, 우리를 지나 상류로 향한다는 자체가 이미 일종의 힘의 과시처럼 보였다. 어디서 왔을까? 또 어디로 가는 것일까? 마지막으로 마을이나 유적지를 지나갔을 때가 언제였던가. 소년들이 붉은 부리 핀치새들과 어린 목동이 모는 소 떼를 쫓으려고 큰소리를 내며 평상에 앉아 있던 경작지, 물을 길러 오거나 목욕하러 온 여인네들이 평평한 바위에 앉아 돌로 발바닥을 문지르며 농담과 웃음을 터트리는 모습을 본 지도 이미 오래전이었다.

우리는 오래전에 황금과 노예 무역의 잘 다진 길을 벗어나서, 뱃사람들의 이야기를 듣고 그들 도시로 가는 더 편한 지름길을 찾고 무역 활로를 개척하려는 열망에 휩싸여 왔다. 최초의 발견자. 처음이 된다는 것. 혁신의 최전선. 인상적인 보고서를 갖고 돌아온 최초의 인물. 무엇을 팔 것인가? 노예? 상아? 거북 등껍질? 황금? 다른 사람들보다 앞서, 다른 경쟁자들보다 앞서, 최초의 탐험가가 사람들이 어떤 상품을 필요로 하고 교환의 대가로 무엇을 제공할지를 결정하게 된다. 그리고 현장에서 권위를 갖고 말하고 손쉽게 막대한 수익의 승리를 자축하는 첫 번째 주인공이 된다. 발견자가 된다는 것은 그런 의미다.

나는 두 사람이 이 게임을 과소평가했다고 생각한다. 아마 그들은 이 사실을 알아차리고도 인정하기를 끝내 거부했던 게 아닐까. 이제 어디까지 밀어붙일지, 끝까지 뚫고 갈 것인지가 문제였다. 멀리 어딘가에 무역 도시가 있다는 것은 엄연한 사실이다. 궁극적으로 지구는 물에 둘러싸인 반지 모양이니까. 언젠가는, 그래, 언젠가는, 갑자기, 예기치 못하게, 우리 눈앞에 푸른색이 나타나고, 더 가까이 갈수록 하늘의 희미한 푸른색과는 전혀 다른 실체, 물로 이루어진 것, 물 그 자체, 포말과 물거품을 튀기며 파도와 함께 요동치는 바다가 나타날 것이다. 영원의 끝에 있는 물의 창공. 그리고 파도 소리와, 어쩌면 새 소리도 들릴 것이다. 그러면 우리는 마지막 힘을 다해 달려갈 것이다.

아, 미리 명상하는 것, 미리 듣고 보고 냄새맡고 느끼는 것은 얼마나 즐거운지. 경험을 상상하는 일.

우리의 식량 비축분은 줄어들고 있어서 걱정거리가 되었다. 우리는 점점 식량을 구하는 데 있어서 노예들의 기술과, 그들이 아이일 때부터 식량을 보충하기 위해 체득한 황야의 지식에 의존하게 되었다. 예를 들자면, 그들은 얇고 달콤한 과육 층에 커다란 씨가 촘촘히 박힌 오렌지 비슷한 열매를 주워왔다. 그리고 먹을 수 있는 유충도 구해왔는데, 껍데기를 벗겨내고 머리를 떼어낸 뒤 남은 걸—양이 그리 많지는 않았다—뜨거운 재 속에 넣고 구웠다.

난 경솔하기 짝이 없게도 그들에게 바보 같고 장황하

게 칭찬을 했다. 난 그들의 눈을 똑바로 쳐다보며 친밀감을 형성했고 손을 오무려 그들이 구해온 과일, 열매, 유충, 뿌리의 일부를 받아왔다. 그리고 그들과 장남 사이에 그 선물을 가지고 자리를 잡았다. 잠시 후 이방인이 내게 합류했고 난 내가 가진 것 약간을 그에게 나누어 주었다. 그러면 그는 그 보잘 것 없는 양을 장남과 나누었다. 매우 복잡한 체계였다. 하지만 아직 상황은 심각하지 않았다.

재미있는 사건도 있었다. 장남이 민물 거북을 사로잡아 껍질채 구우려 했을 때처럼. 참을 수 없는 악취로 인해 우리는 모두 물러났고 잡은 사람이나 구운 사람조차 입을 대려 하지 않았다.

즐겁지 않았던 사건은 세이블 영양이 번개에 맞은 일이었다. 돌이켜 보면 사실 난 씁쓸한 웃음만 난다. 이방인이 손잡이에 보석—그건 에메랄드와 광택이 날 때까지 잘 연마한 홍옥수였다—이 박힌 우아한 작은 단검을 꺼내던 모습을 생생하게 떠올릴 수 있다. 그걸로 그는 영양의 뱃가죽을 가르려고 했다. 가죽이 얇을 거라고 생각한 사타구니 부위부터 절개를 시작했다.

노예들은 우리에게 지나치게 호화로운 선물처럼 보인

영양에 손대지 않기로 만장일치로 결정한 후 단호한 태도로 멀찍이 떨어져 있었다. 어쩌면 반란의 첫 징조였을까? 모르겠다. 장남이 뿔을 단단히 잡겠다고 동참했다. 어쨌거나 칼이 잘 들어가지 않았고, 이방인은 그만두기로 했다. 아무도 우리 짐에서 도끼라든가 창, 뭐 그런 종류의 도축 장비를 찾을 생각은 하지 못했다.

　난 두려움에 떨며 생각했다. 그의 주변을 맴돌 때마다 영양의 투명한 눈이 나를 쳐다보고 있다고. 어쩌면 번개에 맞아 단지 기절했을 수도 있다. 하지만 아니었다. 영양은 확실히 죽었다. 우리는 흰가슴까마귀들을 시체로부터 계속 내쫓았다. 까마귀들은 아직 떠나지 않았을 뿐더러 당연하다는 듯한 태도로 까옥거리며 훼방을 놓았다. 싫증난 인간이 떠날 때까지 기다리는 중이었다. 고개를 들어보니 나무 꼭대기에는 독수리가 앉아 있었다. 내가 다가가 왜 짐 속에서 적당한 장비를 찾지 않냐고 묻자, 이방인은 코웃음을 쳤다.

　이방인과 장남 둘 다 처음부터 무기를 짐 속에 넣어두었는데, 항상 손에 들고 있자니 번거로웠기 때문이었다. 간단히 말해 방해가 되었다. 그렇다면 무엇으로 노예들이 둘을 제압하고 해치우고 도망치지 않도록 막았을까? 그렇게 남자다운 용기가 없었을까? 나는 노예들의 눈이 번득이는 걸 느꼈다. 그들은 마치 까마귀들처럼 우리를 쳐다보고 있었다.

이방인이 단도로 베어 놓은 절개 부위에서 검은 액체가 느릿하게 흘러나와 흰 털을 적셨다. 비가 온 후의 공기는 놀랄 만큼 신선했다. 나는 제발 우리가 떠났으면 했다. 무지개가 보였다. 저 무지개 끝에 번개가 자고 있을 테지. 난 번개불이 영양을 벌떡 일어나 날뛰게 만들기를 바랐다.

여름이 점점 깊어지기 시작했다. 우리가 마지막으로 바다를 본 때는 겨울이었다. 희미하게 소금기를 머금은 기억. 시간이 흐르면서 이 일상에 익숙해져 있었다.

어느 날 밤 두 지도자는 상의 끝에 강둑을 따라 계속 걸어왔던 그 커다란 강을 건너야 한다고 결정했다. 그리고 해 지는 방향으로 계속 가면 먼 곳까지 경로를 잃지 않을 거라고 했다. 왕자 혹은 지휘관과 그의 백성들, 혹은 통나무 배를 탄 부대를 보고 난 후부터, 그들은 두려움으로 결속되었고, 그 덕분에 서로의 불화는 누그러졌다. 물론 이방인이 배를 만들기 위해 적당한 나무를 골라낼 수 있는지 장남에게 물었을 때 그 불화는 다시 불타오를 뻔했다.

　　당신이 할 건가? 장남은 뚱하게 되물었다. 그들은 당
황해서 같이 웃음을 터뜨렸다. 여기, 집과 난로와 바다로
부터 멀리 떨어진 곳에서, 그들은 상대적인 무력감을 느꼈
고 실제로 상황을 통제하고 있지 못하다는 걸 너무 잘 알고
있었다. 장남은 지팡이로 자기 종아리를 찰싹 때렸다. 마
치 무기력을 자책이라도 하듯, 하지만 무심한 듯이. 두 사
람의 눈을 보면 어떻게 해야 좋을지 모르는 상태라는 걸 눈
치챌 수 있었다. 남자들은 우습게도 어린아이 같을 때가 있
다. 어떤 것의 통제력을 잃고도 감히 그걸 솔직히 인정하지
못한다. 그리고 나는 기생자로서 특별한 위치에서 있었던
만큼, 그들이 어서 해답을 찾고 우리의 표면적인 목표였던
무역 도시로 빨리 데리고 가주기를 바랐다. 매일 아침 나는
가장 아름다운 모습으로 활짝 꽃피었기 때문에, 그들은 나
의 난초 같은 본성과 그 다채로움에 경애하는 마음을 잃지
않았다. 나는 도시에 있을 때만큼이나 외모에 신경을 썼다.
내 개인적인 고통 역시 늘어나고 있었다. 애정에 의해서(그
건 나 혼자의 소망이었다), 또 거래에 의해서 함께하게 된
이방인에게 나는 전적으로 의존하고 있었다. 그래, 마치 기

생충처럼 전부 의지했다.

시간은 흘러갔고 강을 건넌다는 계획은 실행되지 못했다. 둘 중 누구도 일어서서 노예들을 불러 모으고 코르크나무를 찾아 작업을 시작하라고 명령을 내릴 강단이 없었다. 음식 재고는 이제 위험할 정도로 빠르게 줄어서 노예들은 나뭇가지로 사냥용 덫을 만들어야 했고, 성공을 거둔 날에는 느시를 요리해주었다.

내가 이해할 수 없었던 것은 지도자들이 결단력이 부족한 게 분명한데도 노예들이 떠날 생각을 하지 않았다는 사실이었다. 매일 밤 장남이 사슬로 묶도록 그들은 온순하게 몸을 맡겼다. 그건 한 명이 머릿속에 돈을 숨기고 도망친 뒤에 취해진 조치였다. 매일 밤 그들이 잠에서 뒤척일 때마다 족쇄가 덜그럭거리는 소리가 들렸다. 아침이 되면 족쇄를 풀었지만 깔끔하게 치워놓기는커녕 아무데나 무더기로 쌓아놓았을 뿐이었다. 마치 우리 모두가 알 수 없는 무언가로 변해가는 꿈속의 존재가 된 것 같았다. 하루하루가 차례로 펼쳐졌다가 다시 닫혔다.

여전히 강은 보기에 즐거웠다. 우리는 시내버들이 자라는 곳에 있었다. 장남이, 아니 어쩌면 이방인이 이곳이,

강을 건넌다면, 강 바닥의 땅이 단단한 표시라는 것을 기억해냈다. 그러기 위해서는 우리는 확실히 겨울까지, 어쩌면 겨울의 끝까지 기다려야만 했다. 왜 그렇게 말하냐면, 노예한 명이 물에 들어가라는 지시를 받고 얼마나 깊은지 확인했기 때문이다. 그는 물이 겨드랑이에 올라올 때까지 내키지 않은 듯 걸어가다 헤엄치기 시작했는데, 곧바로 비명이 들려왔다. 그는 물살에 휩쓸렸고 동료 노예들이 그를 따라잡기 위해 하류를 향해 뛰어가며 강둑으로 돌아오라고 소리쳤다. 수면 위로 그의 머리가 떠오를 때마다 거리는 멀어졌고, 거리가 아주 멀어지고 나자 그는 자유롭게 떠가는 듯보였다. 나중에 동료 노예들이 돌아왔다. 그가 정확히 어디서 익사했는지는 확실하지 않다고 했다.

벌새들이 날아가는 곤충을 겨냥해 물을 쏘아내는 걸보는 건 멋진 일이었다. 갈색을 띤 녹색으로 근육질처럼 느껴지는 강물이 바위 혹은 나뭇등걸이 튀어나온 강둑에서 굽이치며 흘러갔다. 버드나무들은 오직 윗부분만 보일뿐, 가지들은 절반은 물에 잠겨 있었다. 나는 그 나무들처럼 느껴졌고 시간이 나를 지나쳐 흘러가게 놔두었다. 수풀에서 나는 떼까치의 우짖는 소리는 좋았지만, 정작 그 장본인은 보이지 않았다. 우리는 점점 매미에도 익숙해져갔다.

장남과 이방인은 엄숙한 어조로 서로에게 시를 낭송했고, 나를 포함해서, 서로에게 수수께끼를 내곤 했다. 한 번은 장남이 놀랍도록 깊고 풍성한 목소리로 노래도 했다. 이방인은 진지한 존경심을 표하며 그의 어깨를 두드리고 싶어 했지만, 장남은 누가 건드리는 게 달갑지 않은 듯 어깨를 으쓱하고 가버렸다. 그는 신부에 대한 그리움을 얘기했다. 그는 그녀의 이름을 되풀이해서 부르고 또 불렀다, 마치 한 손에서 다른 손으로 보석을 던지는 사람처럼.

이방인이 말했다. 지금 하늘이 우리 위로 무너져 내린다면, 우린 들판에 구멍도 하나 내지 못할 거야.

그는 앉아 있던 자리에서 무성한 풀을 한 줌 뽑아들더니 그걸 씹으며 눈을 감았다. 그는 꿈을 꾸고 있었다. 나는 그를 팔로 감싸안았다. 장남이 우리의 애무를 볼 수 있다는 것에 더 이상 개의치 않았다. 물이 찰싹거리는 소리가 노래 후렴구처럼 나를 달랬다. 나는 상아 팔찌를 만지작거렸다. 행운을 가져다주는 물건. 나는 그것에 입을 맞췄다. 난 발목이 부풀어 올라 통증을 느꼈다. 물론 모기에 물리는 건 늘 다반사였다. 아무 소식도 없는데 외로운 신부는 그곳에 남겨져 무엇을 하며 하루를 보내고 있을까? 우리가 어떻게 출발했는지 기억하는 사람이 신부 주위에 있을까?

그렇지만 우리는 반대쪽 둑에 다다를 수 있었다. 그것도 완벽하게 손쉬운 방법으로. 상류를 향해 거슬러 올라가는 하룻길을 우리는 갈대와 핀치새 둥지로 대충 만들어낸 뗏목을 탄 채로 흘러갔고, 그곳에서 강을 두 길로 나누는 섬을 발견했다. 그 지점에서는 물살이 치명적으로 강하거나 하지 않아서 사람도 물품도 잃지 않고 섬에 도착한 뒤이어 반대편 둑으로 건너갔다. 그리고 그곳에서 모든 걸 적절하게 정비하고 확인했다. 노예 중 하나가 연노란색의 시내버들 숲에 머물렀을 때 손수 깎은 곤봉을 던져서 오리비 한 마리를 죽였다. 반가운 식량이 더해지자 모험은 다시 한번 속도를 높였다.

우리의 발걸음은 빨라졌다. 두 지도자들 사이에는 눈에 띄게 초조한 분위기가 감돌았다. 마치 붉은 사막에 있다는 도시의 소식이 굶주림을 통해 옮겨져 효과를 발휘한 양, 두 사람은 인성이 바뀌기라도 한 것처럼 오랜만에 기민함을 드러냈다. 둘 다 행렬의 선두에서 걸으며, 상대보다 조금이라도 더 오래 요령 있게 움직이려고 경쟁했다. 심지어 그들은 웃기까지 했다. 그 기분 좋은 상태가 모두에게 영향을 주었다. 그로 인해 노예들도 서로 근면함을 독려했고, 감독이라기보다는 협력하는 분위기 속에서 일을 기꺼이 나누면서 주인들에게 뒤처지지 않으려 노력했다. 우리 모두 장미빛 석영 산맥의 아래에 있다는 그 약속의 도시에 매료된 것 같았다.

하지만 당시 우리가 얼마나 꾀죄죄한 상태였는지. 행렬의 마지막에 있는 내 가마 위에서, 나는 우리를 내려다보고 그 지저분한 모습에 충격을 받았다. 우리가 더럽고, 지쳤고, 덥수룩하고, 먼지투성이고, 옷은 기름투성이라는 걸 뭘로도 감출 수 없었다. 심지어 노예 중 한 명은 머리에 짐을 이고 있지도 않았다. 어떻게 된 거지? 그는 뭘 하고 있다고 생각했을까? 다른 한 명은 달그락거리는 둥근 노란 씨앗통을 묶어 발목에 걸을 때마다 쓰륵쓰륵 소리를 냈고, 또 한 사람은 새들의 언어 흉내를 잘 냈는지, 종종 새들은 잠시 주저하다 그의 부름에 휘파람으로 응답하곤 했다. 그가 말하는 걸 듣고 있으니 웃음이 났다.

내가 다른 이들에게 어떻게 보일지 궁금했다. 민망한 모습이지만 적어도 활기는 넘쳐 보일까?

길게 자란 거친 풀줄기 사이로 사람들의 작은 행렬이 얼마나 하찮았는지. 껑충껑충 뛰어다니는 얼룩말과 누우, 붉은사슴, 그리고 항상 놀란 듯한 타조들 사이에서 우리 모습은 전혀 눈에 띄지도 않았다. 고지대에 들어서자, 공기가 맑고 바람이 끊임없이 풀과 관목과 나무들 위를 눕히듯 지나갔다. 그에 응답이라도 하듯, 풀들이 굽이치고 관목들이 고개를 끄덕이고 나무들이 우아한 반응을 보였다. 느슨하게 매달린 덩굴 줄기가 무력하게 흔들렸다. 마젠타색의 나팔꽃이 숙주가 된 나무를 타고 올라가며 수줍어하면서도 흥미롭다는 듯 쳐다보았다. 드넓게 펼쳐진 평원에서 구름은 푸른 하늘을 떠다니며 제각기 움직이다 수시로 부름을 받은 듯 서로 뭉쳤다. 그러면 천둥과 번개가 만들어지고 소나기가 되어 퍼붓곤 했다. 우리는 나무 아래 쉼터를 만들고 비가 지나가기를 기다렸다. 이곳은 조금 더 싸늘했다. 우리는 계속 움직였고, 매일 매일 광경이 바뀌어갔다.

저 멀리 있는 도시가 우리가 목표한 도시임에 틀림없었다. 그 도시는 우리의 모든 기대를 채워줘야 한다. 왜냐면 우리가 그곳에 희망을 걸었고, 우리 자신을 위해 노력하고, 온 힘을 모으고, 우리 자신을 재정비했으니까. 그곳에서 우리는 쉴 곳을 찾고, 사람들을 만나고, 붐비는 거리, 건물, 시장, 광장, 웃음 짓는 여인들로 가득한 창문과 정원에서 뛰노는 아이들을 만날 것이다.

그 도시는—우리에게 자신들이 나무줄기와 골풀로 만든 뗏목을 사용하라고 충고하고, 큰 강 한가운데에 있는 섬에 놓아둔 채 떠난 사냥꾼들이 한 말이다—붉은 사막의 바람을 받고 있었다. 그 뒤의 지평선 위로 거칠고 울퉁불퉁한 장밋빛 산맥 봉우리들이 솟아 있었다.

그 뒤에는? 이방인이 물었다.

그 뒤에는 바다가 있소.

아… 바다.

사냥꾼들을 처음 발견한 건 한 노예였다. 그들에게 음식과 마실 것으로 내줄 게 너무 적다는 사실에 우리는 당혹감을 느꼈다. 우리는 그들이 우리보다 상황이 좋고 더 잘 조직되어 있다는 것을 곧 알아차렸다. 그들은 계획보다 더 오래 머물렀기에 노획품인 코끼리 상아를 서둘러 마을로 가져가고 있었다. 여름이 다가오고 있었다. 그들의 설명에 따르면, 코끼리는 평소보다 더 멀리 이동해서, 자연히 더 오래 추적했어야 했다고 한다. 하지만 인내와 끈기는 보상을 받았다. 그들은 만족스러워하며 엄니 묶음을 가리켰다. 가공되지 않은 상아는 다소 내게 추해 보였는데, 특히 살로부터 잘라 낸 거친 단면이 보기 흉했다. 그리고 상아의 질감이 내가 팔에 걸친 것과 전혀 비슷하지 않았다. 그런데 이 지역의 상아가 우리 도시에서 바다를 건너 사냥한 코끼리의 상아보다 훨씬 품질이 좋다는 주장이 있었다. 그 진위는 내가 어찌 알겠는가?

사냥꾼들은 여자를 만나서 무척 놀라워했다. 한 명은 아랫이빨의 뿌리가 보일 정도로 크게 웃었고, 나는 기분이 상해서 뒤로 물러났다. 한편 우리 두 지도자들은 그들과 활발하게 대화를 나누었다. 이방인과 장남이 가능한 한 많은 정보를 얻고 싶어하는 걸 이해했지만, 사냥꾼들의 훔쳐보는 눈길이 부담스러웠다. 잠시 후 나는 자리를 옮겨 풀숲 뒤에 숨었다. 장남이 거래를 성사시켜 그들로부터 식량을 사려 했다. 그가 긴 솔이 달린 돋을 새김 무늬의 가죽 가방으로부터 통용화폐를 꺼냈다가 다시 집어넣고 말았다. 사냥꾼들은 그런 거래에 전혀 관심이 없었는데, 그들의 설명에 따르면 딱 필요한 정도의 고기만 갖고 있다고 했다. 장남은 아무것도 얻지 못한 채 그의 무거운 동전을 치워야 했다.

이방인은 우리가 가야 할 정확한 방향에 좀 더 관심을 보였다. 도시는 해가 지는 방향에 있다고 그는 들었다. 많은 평원을 계속 지나고, 잎새가 가늘어지는 곳이 나오면, 땅이 풀밭에서 모래로 바뀌기 시작하고, 그러면 더 많은 모래가 나오고, 여기저기 덤불이 은색으로 흔들리기 시작하면, 모래가 사구로 바뀐다고 했다. 그러면 사구는 경사를 이루고 물결을 이루며 그 사이에 완벽한 고요만이 존재하는 능선을 이룬다고 했다. 그 사구를 지나고 또 지나고 또 지나 힘들게 올라가면 거기에 도시가 있다고 했다.

하지만 물이 먼저야. 사냥꾼 중 한 명이 말했다. 맞아. 다른 이가 맞장구를 쳤다. 물이 먼저야. 거대하게 빛나고, 꽃들에서 넘쳐나며, 그늘에서도 넘쳐나고, 사냥감도 넘쳐나서, 마치 타이거 피쉬[14]가 맹렬히 뛰어오르는 광경이 현실처럼 보이는 물, 벌새들이 쉬지 않고 서로를 부르고, 어스름녘이면 쿠두가 흑단 숲에서 걸어 나오며, 대머리 황새가 유령처럼 날아올라 날개로 달을 가리는 그곳.

---

14   tiger fish: 콩고강에 주로 서식하는 어류로 최대 2미터까지 자라는 초대형 카라신이다. 자이언트 타이거, 음벵가(mbenga)라고도 불린다.

사냥꾼들에게 전해진 전언은 계속 이어져 그들이 마을에 돌아간 뒤에는 도시에서 엄니를 사러 도시에서 온 상아 상인들에게 전해질 것이다. 그렇게 이방인과 장남은 연결을 복원하려고 했다. 나는 할 말이 없었다. 다른 노예들도 조용했다. 우리는 지금 있는 곳에 존재할 뿐이고, 이방인과 장남은 해안 도시에서 여기까지, 또 더 먼 사막 도시와 다른 희망하는 도시까지 존재했다. 아니, 그들은 그보다 멀리, 대륙 사이의 바다와 그 너머의 대륙까지 존재했다. 그런데 난 연결된 곳이 없었다. 홀로 있을 뿐이었다.

장남과 이방인은 노예들한테도 번진 열병 같은 열정에 가득 차서 일에 착수했다. 우리가 빠르게 만반의 준비를 출발할 수 있을 때가 돼서야 사냥꾼들은 겨우 눈앞에서 사라졌다. 모두가 즐겁게 넋을 잃고 고치 안에 들어간 몽유병 환자처럼 나른한 황홀경에 빠진 지 며칠이 지나서였다. 물의 정령이 우리를 매혹하고 우리의 생각을 묶어 놓았을 때였다.

사냥꾼들이 떠났을 때, 나는 드디어 호색한의 눈길이 내게서 떨어진 것 같아 속으로 안심했다. 나는 그 역거운 시선을 내게서, 내 가슴과 젖꼭지에서, 내 배에서 떼어내려고 고군분투하고 있었다. 하지만 최악은 그것들이 내게서 불러일으킨 암내의 느낌이었다.

그렇게 여름날이 흘러갔다. 큰 강은 이미 멀어졌지만, 욕망의 도시는 여전히 까마득한 거리에 있었다.

어느 오후 우리는 둥근 바위가 지붕을 만들어주는 언덕 밑자락에 멈췄다. 그때까지 몇 번이고 그렇게 기묘한 형태로 돌출한 거대한 바위를 마주쳤었다. 해안 지역에서는 드문 지형이라서 우리 대화의 주제가 되었다. 마치 예술 작품을 놓고 토론이라도 벌이듯 말이다. 우리는 바위의 규모와 뛰어난 균형을 찬양했다. 정말이지 장인의 감수성과 손길이 닿은 듯, 태양이 바위를 쪼개어 몸을 뉘일 틈을 만들 때까지, 혹은 또 다른 종류의 바위와 부딪혀 산산조각 날 때까지 바위는 평원을 향해 당장이라도 굴러내려갈 것처럼 보였다.

그 바위들을 좀 더 가까이 가서 조사하고 싶어졌기 때문에, 나는 장남과 이방인과 함께 언덕을 오르게 되었다. 그동안 노예들은 감독하는 사람 없이 저녁을 준비하고 잠자리를 준비했다. 아무 짐도 짊어지지 않고 있는 남자가 다른 노예들에게 지시를 내리겠구나 하고 난 짐작했다. 그는 마른 체격에 볼품 없는 외모로 한번도 잠재적인 지도자로 비친 적이 없었던 인물이라 더욱 이상했다. 물론 지금껏 그들에게 잠재적인 지도자가 있을 거라는 추측도 해 본 적이 없었지만 말이다. 사실 그들은 단지 노예일 뿐이었고, 다른 선택의 여지 없이 묵묵히 궂은 일을 하고 탐험대의 지도자에게 복종해 오던 고자들이었다. 그런데 그가 왕족의 피를 타고나기라도 한 걸까? 추측을 하다 보면 쉽게 감상에 빠지기 마련이다. 아마 그가 가장 영리한 사람이겠지. 그의 조직력을 보면 그게 가장 확실한 설명일 것이다. 그는 목에 커다란 흰 달팽이 껍데기를 두르고 있었다. 어쨌든 그를 좀 더 면밀히 관찰할 필요가 있어. 난 그렇게 생각했다. 하지만 이방인이나 장남, 누구에게도 내 의심을 입 밖에 내지는 않았다.

한번은 노예들의 지도자가 가방을 열어 자귀니 둥근 끌, 송곳이니 하는 도구들을 꺼내는 것을 보았는데, 아마도 나무 줄기에 구멍을 뚫는 게 필요해질 때를 대비해서 가져왔을 것이다. 덕분에 이 도구를 사냥꾼들의 뗏목을 탈 때 쓸 수 있었다. 그는 장인처럼 도구들을 사랑스럽게 다루었다. 용도와 크기별로 분류해서 신중하게 배열했다가 쓰고 난 뒤 다시 깔끔하고 능숙하게 챙겨 넣었다. 그런 뒤 그 짐을 다른 이에게 넘겼다.

언덕 꼭대기에 오른 우리에게 깜짝 놀랄 일들이 두 가지 기다리고 있었다. 첫째는 유적이었는데, 오면서 몇 번이나 마주친 유형의 돌벽이 부분적이긴 했지만 그곳에 남아 있었다. 다만 오래도록 버려져 더 심하게 훼손된 상태였다. 심하게 허물어져 온전한 벽은 하나도 없었고, 오직 가시 덤불이 길게 자란 가운데 무릎 높이의 풍화된 파편들만이 있었다. 그렇지만 보는 사람들은 돌벽돌에서 돌벽돌로 이어지는 설계자의 계획을 추측할 수 있었다. 오후의 태양 아래서 돌들은 그 위를 덮거나 기대어 놓은 돌덩이와 같은 꿀색으로 빛났다. 조금 더 오래 머문다면 다른 유품들도 발견할 수 있을 터였다. 이곳의 거주민은 모두 어디로 갔을까? 우리는 궁금해하며 제각기 추측을 했다. 이 평원의 흙 속에 그들의 백골이 선조들의 땅으로 향하는 위험한 여행에 용감하게 동참할지 말지 결정하지 못한 채 웅크리고 있을까? 아니면 후손들에 의해 버림받았다고 느낄까? 누구도 남아서 술을 바치지 않았다. 오직 포도와 하이에나의 웃음뿐. 여기는 완전히 파괴된 것만이 남아 있다. 여기엔 슬픔만이, 무의미만이, 그리고 산산조각난 영광의 흔적만이 있었다. 우리의 피상적인 존재를 드러내듯 하늘을 향하는 가느다란 연기의 궤적만이 있었다. 아, 나는 한숨을 쉬었다. 언제까지 이 여행을 계속해야 하는 걸까?

언덕 꼭대기에서 마주친 두 번째 놀라움은 나를 더욱 슬프게 만들었다. 이방인이 동쪽에서 동굴을 처음으로 발견했고, 그 바위 벽에 그려진 신기한 그림은 내가 먼저 알아차렸다. 그 그림들은 사람처럼 보이기도 했고 길쭉한 곤충 모양으로도 보였다. 그저 목적 없이 한 무리를 그린 것도 같았는데 달리 보면 누가 누구를 올라탄 것마냥 흰색과 적갈색으로 칠해져 있었다. 아주 희미하게. 모든 것의 창조자의 이름으로 여기 와서 이토록 미완성된 형태로 자신을 불멸로 만든 이는 누구였을까? 그 그림은 너무나 기이했다. 분명히 벽을 세운 이 마을의 주민은 아니었을 것이다. 이방인은 이 어설픈 시도가 마무리되지 못했고 예술적인 규칙도 부족하다며 비평을 늘어놓았다. 전적으로 문외한인 어른 아이의 작품. 하지만 꼭 그렇지만도 않았다. 마땅한 설명은 떠오르지 않았다. 그 작은 형상들은 아무런 맥락 없이 이 황무지의 심장부에 유배되어 있었다. 질문은 너무 많은 질문이 많았지만, 아무런 대답도 없는 황량함이 있었다. 여기 사람들이 왔다가 떠났고, 또 왔다가 떠나기를 반복했다가, 결국 황량해진 채로 영원으로 떠났다.

여기, 영양처럼 보이는 게 있네. 장남이 말했다.

이방인은 다른 땅으로 떠났던 여행에서 양피지와 비단에 그려진 그림을 봤다고 짐짓 고상한 체 설명했다. 그 채색의 풍요로움과 섬세함, 정교한 균형감은—딱 봐도 나무, 새, 그리고 사람인지 알아볼 수 있었다고 그는 재차 강조했다—어느 모로 보나 훈련받은 미술가의 작품이고 유파와 경향에 따라 분류되는 값비싼 소장품이었다. 그는 단도의 날로 그 우스꽝스러운 벽화 하나를 긁었다. 이건 누군가 심심풀이로 그린 것이라고 그는 결론내렸다. 이건 예술이 아니야. 특별한 것을 기록하지도 않았고, 메시지를 전달하려거나 심미적으로 그려지지도 않았어. 아무 기능이 없어. 이방인은 말을 많이 할수록, 바위 그림에 대해 점점 더 열을 올렸고, 사실상 칼날로 긁어내서 망치려 들었다.

이건 여자처럼 보이는데. 장남이 말했다. 이건 가슴, 저건 뱀인 것 같아. 여길 봐! 코끼리 등을 조개처럼 그렸네!

그는 거의 웃음을 참지 못했다.

난 등을 돌려 동굴 입구에서 희미하게 반짝거리는 초저녁 별 아래 어둑해진 초원을 내려다 보았다. 멀리서 들려오는 노예들의 목소리는, 바람 소리가 간간이 섞여들면서 점점 크게 울리고 숨결처럼 부드러워졌다. 나는 무척 우울해졌다. 알 수 없는 것에 목이 조이는 기분이라서 바람 속에 한바탕 울음을 터뜨려야 가라앉을 것 같았다.

　모두 무의미하구나. 나는 생각했다, 그리고 걸어 나와 혼자서 언덕을 내려왔다. 나는 멀리 튀어나온 바위까지 가서 그곳에 서서 나 자신의 목소리를 들었다. 그건 이야기가 아니라, 중얼거리고 더듬거리는 말들. 내 입에서 튀어나온 단어들이 절벽 위로 산산이 떨어지며 침묵을 채우는 바람에 삼켜져버렸다. 자칼에 대한 말들이 불타는 꼬리를 달고 바람을 가로지르며 주위의 대기에 불을 붙였다. 그렇게 내 입에서 자칼이 튀어나왔다. 난 열병에라도 걸린 듯 아직 잠들어 있는 언어, 언젠가 계곡을 통과하고 언덕을 넘어 산비탈을 따라 행진할 이상한 나무들에 대해 예언하는 내 목소리를 들었다. 나는 땅 속에 걸어다니는 것이 있다고 예언했다. 난 거대한 회색 방파제가 바다에 세워지고, 배들이 바다 속으로 가라앉으며, 사람들은 이리저리 이주하다 멸망하고 말 거라고 예언했다. 그런 예언들을 전부 내뱉고 나자, 모든 섬유질 소리가 내 혀에서 사라질 때쯤, 무언가가 나를 갉아먹는 것처럼, 모든 구멍이 숭숭 뚫려 더 이상 바람을 막지 못하고 저항이 없어진 것처럼 느꼈다. 그래서 자기 자신에게 두려움을 느낀 나는 가능한 한 빨리 마지막 구간을 빠져나와 노예들과 불이 주는 쾌활함을 향해 내려갔다.

그들에게 우연히라도 내 목소리를 들었는지 물어보았다. 그들은 멍청하게 나를 쳐다보다가 하던 일을 계속했다. 더 이상 일을 하지 않는 한 사람, 그러니까 노예의 우두머리는, 나를 쳐다보기는커녕 대꾸하려 들지도 않았다. 내가 조심스럽게 물어본 후 추론하기론, 이방인과 장남도 듣지 못했던 것 같다. 나는 짜증이 났고 매우 피곤했으며 기분도 도통 가라앉지 않았다.

이제 어쩌다보니 이방인과 내가 다른 사람들이 모여 있는 약한 모닥불에서 좀 떨어진 곳에서 잠들게 되었고, 장남은 짐꾼들 근처이긴 하지만 큰 모닥불 근처에서 잠자고 있었다. 소 떼를 잃은 후로는 밤마다 보초를 세웠는데, 이 실용적인 조치는 우리가 물의 정령에 홀린 이후로는 까맣

게 잊혀지고 말았다. 당시 느슨해진 기강은 일단 우리가 강둑 근처에 도착한 때부터 확실히 열정과 성실함이 대처하게 되었고, 그래서 재촉도 감독도 불필요해진 측면도 있었다. 심지어 둑을 건너면서 족쇄도 벗게 된 노예들은 우리처럼 자유롭게 수면을 취했다. 정확히는 노예들이 자발적으로 보초를 설 순서를 정했고, 짐이 차츰 줄어들면서 그런 결정은 알아서들 내렸다. 물론 노예의 우두머리가 내린 결정일 테지만 말이다.

상황이 그렇다 보니, 이방인과 나는 장남과 노예들 사이에 어떤 공모가 있는지 조짐조차 알아차리지 못했다. 그런데 어느 날 아침, 우리가 눈을 비비며 잠에서 깨어나 보니, 장남과 노예 무리 전체가 더 이상 보이지 않았다. 짐과 함께 모두 사라졌다. 완전히. 이방인은 개미집 둔덕에 올라 주위를 둘러보았지만 소용 없었다. 초원은 그저 초원일 뿐, 특유의 소음만 있었다. 바람에 부스럭거리고, 곤충이 윙윙대고, 새들이 재잘대는 소리뿐.

우리는 서로 재촉하며 그들의 뒤를 밟으려 했지만 성공하지 못했다. 풀이 쓰러진 방향, 모닥불 근처의 어지러운 발자국들, 그게 전부였다. 장남과 노예들이 우리를 떼놓고 여정을 떠났다면 해가 지는 방향이 아닐까 하고 당연히 추론했지만, 그 방향으로는 사람의 발자취 따위는 찾지 못했다. 단단한 땅에는 아무 흔적이 없었고, 풀줄기는 사방으로 어지럽게 자라고 있었다. 우리는 하루를 방황하며 낭비했는데, 내심 그들이 돌아오지 않을까 생각했기 때문이었다. 그런 일은 일어나지 않았다. 어두워지면서부터 정말이지 끔찍한 현실 인식이 뒤따랐다. 우리는 말없이 잠들었고, 다음 날 아침 일어나서도 말없이 일정한 속도로 걷기 시작했다. 도시에서 가져온 세 개의 가마 중 유일하게 남은 내 가마는 두고 떠났다. 그걸 땔감으로 쪼갤 도구도 없었기 때문에, 그 쓸모없는 가마는 우리가 관목 덤불과 다 피운 모닥불의 잿더미 옆에 나란히 남겨놓았다. 쥐죽은 듯이 고요하게.

우리는 태양을 보며 방향을 찾으려 했지만, 강의 흐름 때문에 쉽지 않았다. 물길을 뚫고 건네 줄 노예들 없이 우리는 무력했다. 게다가 수통도 없었다. 우리가 초원에서 구한 먹거리들은 그나마 내가 짐꾼들에게 눈을 떼지 않으면서 운 좋게 배웠던 채집법 때문이었다. 정말 힘든 일이었다. 난 최선을 다했지만, 우리가 버틸 만한 충분한 양은 어림없었다. 이 황량한 장소에서 맞이하게 된 시련의 시간에도, 우리는 서로를 향한 좋은 감정과 다정함을 느꼈다. 하지만 끔찍하고 광활한 밤들을 겪으면서 우리는 좌절했다.

어느날 독수리를 보다가, 우리는 그들이 원을 그리며 나는 곳으로 힘없이 걸었다. 역겨운 악취가 코를 찔렀다. 우리가 똑같은 생각을 한 것 같았는데, 그래도 악취는 너무 끔찍했다. 게다가 독수리들은 양보하려 들지 않았다. 그들은 아마도 영양의 것으로 보이는 갈빗살을 뜯어 먹으며 서로서로 쪼아댔다. 무리 밖에 있던 우리는 아예 존재하지도 않는 듯 게걸스럽게 먹어댔다.

우리는 몇 날 며칠을 걸었다. 초원은 그대로였다. 가끔 우리는 이야기를 했다. 나는 장남에게서 느낀 놀라움을 드러냈다.

노예들이 결국 그를 죽이고 돈을 빼앗겠지. 그리고 사막의 도시에서 자유를 찾을 거야. 그게 이방인의 의견이었다.

지금까지도 나는 장남이 왜 그랬는지 이해하지 못한다. 해안 도시의 가장 부유한 상인의 첫 번째 상속자인 그는 아버지의 영향력과 권세 덕에 어릴 때부터 문명이 제공하는 최고의 것들만 누리고 즐겼는데도, 결국 그는 특이하고 성질 급한 몽상가이자 공상가가 되어버렸다. 힘 없는 이들에게 포악한 성질을 드러냈다가도 풍족하게 자선을 베풀기도 했다. 마지막으로 목격했던 것은 출발 당일 도시 외곽에서 있었던 사건이었다. 가마 위에 있던 그는 가죽 가방에서 꺼낸 동전 한 줌을 길가에 앉아 있는 문둥병 거지에게, 얼굴을 쳐다보지도 않고, 마구 뿌렸다. 동전 일부는 거지의 경직된 얼굴에 맞아 굴러갔다. 그는 엎드려서 네발로 기어다니며 동전을 찾아야 했는데, 이미 뭉툭해진 그의 발로는 걷는 게 불가능했다. 산누에나방의 고치처럼 말라비틀어진, 갈색에서 회갈색으로 변색된 두 손으로, 거지는 동전을 주우려 애썼다. 어떻게든 집어올리려고.

좌우로 흔들리는 가마 위에서 나는 몸을 감춘다. 아마 그 부랑자가 내가 마지막으로 본 도시의 주민이었다고 생각했다. 왜 그런 피조물들은 물에 투신하지 않을까? 그들은 흙으로 돌아갈 때까지 썩어갈 뿐이다. 정말 구역질나는 세상이다. 숲에서 자살한 시체를 발견한 적도 여러 번이었다. 맨발 한 쌍이, 일부는 여전히 거친 샌들을 신고서, 눈높이에서 빙글빙글 돌거나 가만히 매달려 있었다. 가지 사이로 흘끔 보이는 뒤틀린 얼굴의 노파들은 우리에게 악담을 퍼붓는 듯 보였다. 부랑자들도 있었다. 아이를 잃은 여인들, 혹은 마녀로 선고받았지만, 가축이 기이하게 죽은 것도, 작황을 망친 것도 자신의 잘못이 아니라는 걸 증명하지 못하고 지탄받은 여인들도 있었다.

물론 사람이 언제까지 계속 버틸 수 있을지 나도 종종 궁금해진다. 확실히 어딘가에 더 선명해지는 경계가 있을 것이다. 그 경계를 넘어가면, 우리는 잠의 회색 지대를 향해, 그리고 회색 꿈을 향해 도달하게 된다. 그리고 회색 꿈 속에서, 더 작은 죽음에서처럼, 우리는 선과 악, 서로 떼낼 수 없는 쌍둥이, 죽음을 거부하는 쌍둥이를 만나게 된다.

내 꿈은 나를 채우고 또 시간을 먹을 수 있게 해준다. 깔끔하게 시간을 처분할 수도 저장해 둘 수도, 내키는 대로 잊을 수도 없다는 것은 더는 문제될 게 없다. 왜냐면 이제 꿈꾸기와 걷기가 서로 욕하기는커녕, 서로를 연장해주고, 채워주고, 보완해주고, 풍요롭게 하며, 견딜 수 있게 해준다는 걸 잘 알기 때문이다. 그리고 나의 바오밥 나무는 실현된 꿈이며, 내가 아는 한, 소인족은 실제로 사냥을 하고 실제로 내게 음식을 제공해주는 꿈의 형상이라는 사실을 안다. 그들이 실제로 나를 보지만 또한 내가 그들의 꿈 속에 존재하기에 나를 보지 못하기도 한다는 것을 안다. 나를 돌봄으로써 그들의 꿈이 이어진다. 우리는 서로를 만나지만, 서로에 대해 아무것도 모른다. 우리는 따로 떨어져 제 갈 길을 가되, 서로에게 의존하고 있다. 내가 있는 그대로의 나이기에, 또, 그들의 행동대로 그들이 행동하기에.

5.

요즘 난 측정하고 기록하기엔 너무나 우스꽝스러운 것들을 측정한답시고 검은색과 녹색 구슬들을 주워와 쓰려고 했던, 어리석은 시도를 후회하며 웃는다. 그런 시도는 아마 내가 받은 교육 탓이 아닐까. 마구잡이이긴 하지만 결국 나누기, 숫자 세기, 분류를 배웠던 교육은 사람들에게 이건 이렇게 진행되어야 하고, 이러저러한 것들은 가져와야 한다고 가르쳤다. 또 이런저런 이유로 다른 방식이 아닌 이런 방식으로, 다른 계절이 아닌 이 계절에, 저 방향이 아닌 이 방향으로, 저 장비는 빼고 이 장비로, 그렇게 온갖 요소를 고려해서 여행을 착수하게 된 것이다. 그래서 늦여름의 게으름에 맞춰 출발하는 날을 정하고, 낮이 밤의 영역으로 슬쩍 넘어가 졸음과 하품을 잊었던 때, 마지막으로 순전히 습관적으로 바다를 바라보다 다우 선과 작은 돛단배들이 흔들리고 하늘이 쿠두베리 나무처럼 붉게 타오르기 시작했을 때, 우리가 꿈에 들어간다는 걸 알아차린 사람은 아무도 없었다. 잠의 모험은 그렇게 기만적이다.

분명한 것은 내가 이 작은 종족의 마지막 선물을 다 마셨을 때 새로운 종류의 꿈으로 들어가는 입구가 열린다는 것이다. 그 음료는 내가 모르는 종류의 것이지만 악어의 뇌가 주된 재료라는 걸 알기 위해 자세히 알아야 할 필요는 없다. 아마도 내가 기대해 온 게 그런 것일 게다. 중얼거리는 어두운 바람이 와서 나를 데려갈까?

황금색 손톱과 구슬, 거무스레한 물 항아리와 타조알 껍데기 같은 소유물들로 나는 무엇을 해야 할까? 그것들을 복원할 시간을 갖고 싶다. 손톱은 가장 쓸모 없는 선물이었다. 그것으로 할 수 있는 게 없으니 그걸 받았다고 어떻게 감사해야 할지는 여전히 수수께끼다. 손톱들은 때마침 싹을 틔우려는 씨앗처럼 내 손바닥 위에 올려둔다.

내가 하는 모든 행동은 신중하게 관찰되고 있다. 그리고 심지어 내 마지막 몸짓, 타조알 껍데기를 입술까지 들어 올리는 동작도 관찰되고, (희망이지만, 생각건대, 아마도) 승인받는다. 내가 이해하지 못하는 요구를 만족시키려는 마지막 헛된 노력으로 난 그런 일을 정중하고 천천히, 그리고 당당하게 할 것이다.

하지만 그러기엔 난 오래 전부터 굶주려 왔다. 만남이 이루어졌을 때, 나는 위태로운 상태였다.

초겨울의 맹렬한 햇살, 하지만 난 이 거대한 나무의 뱃속에 잠들어 있었다. 굶주림으로 탈진해 정신이 혼미해졌고 시들어가고 있었다. 거처를 바꿀 기력도 없었고, 풀잎이라도 뜯어먹거나, 손가락을 더듬어 빽빽한 낙엽을 치우고 불편한 그루터기를 피해 좀더 널찍한 쉼터를 찾을 힘도 없었다. 절반은 졸음에 취하고 절반은 깨어 있는 상태로 누워 있었다. 내가 들은 소리가 실제로 밖에서 나는 소리인지, 아니면 내 마음 속에서 들린 것인지 알지 못하는데, 왜냐면 난 사람들이 말하는 걸 느껴도, 잠이 든 상태에서는 이해할 수 없게 들리기 때문이다. 나무 주변에서 바삐 움직이는 이 유령들이 내 꿈의 실재까지 들어와 나를 굽어

볼린지 갑자기 궁금해졌다. 어떤 냄새가 났다. 연기 냄새였다. 공포를 느꼈다. 내가 섬망의 불길에 휩싸일 거라고는 미처 생각 못했다. 틈새를 통해 떠다니는 형체들이 지나가는 것을 보고, 한쪽 팔꿈치로 몸을 일으켰다. 연기. 사람의 목소리. 유령들은 목피를 벗긴 긴 나뭇가지를 들고 돌아다녔고 모여서 사다리 모양을 만들었다. 나는 무슨 일이 일어났는지 이해할 수 없었다. 내 거처 주위에서 이런 사건이 벌어진 적은 처음이었으니까. 얼굴들을 보았다. 뿌연 연기와 어리둥절한 가운데, 부드러운 나무줄기에 사다리를 기대어 놓고 불타는 나무 한 묶음을 든 남자가 올라왔다. 난 기쁨의 외침을 들었고, 유령 같은 남자, 여자, 아이들이 춤을 추는 광경을 보았다. 그들이 실컷 먹고 마시며 입을 다시는 모습을 보고, 나는 바오밥 나무, 보잘 것 없는 내 잔여물에서 서서히 걸어 나왔다. 어두컴컴한 입구에서 눈이 부실 만큼 밝은 겨울의 빛 속으로 걸어 나왔다. 누더기가 된 비단 로브를 걸치고, 퀭해진 눈에, 벌린 입술로, 눈을 크게 뜨고, 입술을 벌린 채, 손은 무력감에 앞으로 내밀었다. 그리고 나는 말을 했다.

다음 날 그들 중 한둘이 돌아왔었음이 틀림없다. 왜냐

면 내가 물을 길어올리는 강가에서 돌아왔더니 바오밥 나무 틈새에 속을 파낸 몽키 오렌지 껍질에 놓여져 있었고, 그 안에는 흑갈색, 아니 거의 검은 꿀과 벌의 유충이 담겨 있었다.

어떻게 감사를 표시해야 하지? 나는 내 모습이 잘 보이도록 나무둥치에서 조금 떨어진 곳에서 몽키 오렌지를 든 손을 쭉 뻗었다. 그렇게 잠깐 서 있었다. 방해받은 위쪽 둥지의 벌들은 바쁘게 윙윙거리며 추위의 공격에 대비해 손상된 부분을 수리 중이었다. 빛과 그림자가 교차되며, 벌떼들이 헤엄치는 것처럼 오르락내리락했다. 그렇게 나는 벌들과 그들의 공범자들에게 경의를 표했다.

매일 무언가가 나를 기다렸다. 내가 물을 마시러 갈 때면 그들은 선물을 가져와 입구 앞에 펼쳐놓았다. 호기심에 어느 날 난 그들을 미행했다. 강 아래의 덤불로 가는 척한 뒤, 나는 울창한 곳에 몸을 숨기고 바오밥 나무 주변을 지켜봤다. 나는 두 남자가 긴 수풀을 헤치고 가까이 가는 걸 보았다. 그들은 원체도 단신인데, 긴 풀 때문에 더욱 작아 보였다. 그들은 밝은 피부색에 짧은 머리카락이라서 마치 머리 위에 이끼가 덮인 것 같았다. 그들은 허술한 옷차

림에 무기도 들고 있었다. 그들은 먼저 나무를 응시하다가, 재빨리 다가가서 뭔가를 내려놓고 날쌔게 떠났다. 긴 수풀 속에 종적을 감췄다.

땅코뿔새가 걸어서 다가오더니 바오밥 나무 입구 쪽으로 갔다. 그 뻣뻣한 눈꺼풀 뒤에 숨겨진 밝고 푸른 눈에서 무슨 궁리를 하는지 알아차릴 수 있었다. 그래서 냅다 뛰어서 땅코뿔새가 내가 받은 선물을 가로채기 전에 훌훌 쫓아내었다. 다음 날은 아무것도 도착하지 않았다. 그 다음 날에야 선물이 왔다. 그렇게 해서 나는 미지의 법칙에 따라 행동하는 법을 배웠다, 비록 내가 호기심에 불타 뭔가 더 알아내고 싶었지만.

특별히 반가웠던 것은 그들이 내게 입으라고 준 가죽옷으로, 겨울의 전조를 눈치 챈 선물이었다. 이곳의 겨울은 내가 있던 곳의 겨울보다 더 혹독하고, 건조하고, 더 누렇다. 땅은 잘 부서져 쉽게 흙가루가 되었다. 활엽수들은 더 밝은 하늘을 배경으로 더 혼란스러운 윤곽을 드러냈다. 바우히니아 꽃들은 씨앗을 마구 쏘아대고 시들었다. 모든 게 버림받은 듯 보였다. 따오기 무리들은 잿빛에 지저분해 보였다. 코끼리들조차 우울해 보였다.

그게 내게도 영향을 끼쳤다. 다시 우울함이 덮쳤다. 몽구스의 장난도, 수달의 물놀이를 본들, 기분이 나아지지 않았다. 바위 위의 도마뱀이 머리를 흔들어도 관심이 가지 않았다. 나는 하릴없이 구부정하게 돌아다녔다.

어디선가 파수꾼 노릇을 하는 비비원숭이의 겁주는 행동에 쫓겨, 나는 바위가 갈라지는 틈새 사이에서 최초로 구슬들을 주웠다. 그곳에는 말라죽은 줄기와 풀 뿌리, 꽃줄기와 꽃잎들이 먼지에 뒤엉켜 있었지만 아주 오래되진 않았다.

그건 공예품이었다. 그러니까 사람이 여기 있었다. 이 작은 발견으로 구슬과 도편 조각들을 남기고 떠난 그들과 나 사이의 계산 불가능한 거리가, 회복 불가능한 시간이 느껴졌고, 극복하기 어려운 소외감이 증폭되고 고독이 계속 이어졌다. 소인족들은 내게 멀찍이 떨어져 있었고, 나는 그들을 위해 존재하지만, 오직 유령처럼 있을 뿐이다.

유령처럼 살면서 나는 잘 버텨냈다. 야생버섯과 스타펠리아[15], 비단뱀의 고기, 마룰라, 산딸기류, 워터벅의 간

---

15 학명 Staplelia gigantea. 아프리카산 희귀다육식물로, 별 모양의 꽃이 불가사리를 닮아 스타피쉬라고도 불린다.

을 먹고 살며 나는 둥글고 포동포동해졌다. 겨울이든 여름이든 소인족들의 눈과 채집 주머니, 활과 화살에서 나오는 거라면 나도 받았다. 더 이상 고난으로 인한 어려움이 없었고, 오히려 게으른 풍족함이 문제였다.

누구에게 고마워해야 할까? 나는 종종 자문한다. 내 물의 정령은 말이 없다. 그래서 나는 꿀벌에게 감사한다. 벌에게 집을 준 나무에게 감사한다. 거꾸로 자라는 나무에게 어렵게 자랄 곳을 제공해 준 대지에 감사한다. 바오밥나무 뿌리까지 흘러 내려간 비에게 감사한다. 그 덕분에 나무가 물을 마시고 잎과 꽃을 피워낼 수 있다. 그러나 물의 정령은 말이 없다. 바오밥 주위에는 낮이면 벌들이 춤을 추고, 밤이면 달처럼 열리는 예민한 바오밥 꽃 주변에 박쥐들이 펄럭펄럭 날아든다. 또 갈라진 바오밥 뿌리에는 비가 나를 위해 빗물을 부어주지만, 내 물의 정령은 여전히 침묵한다. 한 번은 오후 햇살이 비치는 틈새 주변의 바닥에서 다친 박쥐를 발견했다. 처음엔 그것이 재미있게 생긴 납작한 개구리가 깔려 있는 줄 알았다. 그런데 털이 있었고, 그 다음엔 귀가 보였다. 그래서 물가로 간다 온 사이에 박쥐는 사라지고 없었다.

나는 처음 구슬을 주웠던 장소를 찾아 헤맸다. 꾸준히, 투덜대며 찾았다.

박쥐는 가버렸다. 그다음에 기다리고 있었던 것은 배꽃과 비슷한 색의 타조알 껍데기 목걸이, 그리고 한 줌의 서양모과였다.

어느 늦은 오후, 지나치게 벌어진 나무 틈 사이로 돌무화과 줄기가 매듭지어 있는 것을 보고, 나는 황급하게 바위 능선을 기어올라 축 늘어진 뿌리를 줄처럼 의지해서 작은 언덕마루에 도착했다. 내가 힘들게 올라간 가파른 쪽은 일몰과 일출을 모두 볼 수 있는 각도여서 나무가 군락을 이룬 경사면을 가로지르는 전망을 보여줬다. 기린 몇 마리가 있었다. 콧소리를 내고 소리 내어 짖는 누우, 얼룩말 등 몇몇 무리가 먼지를 일으키고 있었다. 당시에는 난 그 이상은 알아차리지 못했다. 새들, 그래, 저 멀리로 빠르게 날아갔다. 바람은 어디에나 있다. 마치 침묵의 동반자인 양 바람이 꾸준히 불었다. 그게 내가 언덕마루에서 철저히 조사한 전부였다. 바람과 바람의 배경에 깔린 침묵. 난 이것이 모든 걸 쓸어버린 수호자라고 믿었고, 냄새를 맡으러 온 바람을 안타깝게 생각했다. 왜 긁어서 열어젖히고, 파헤치고,

드러내고, 곰곰 생각하고 추론하는 것일까? 놔두자. 그냥 놔두자. 아마도 여기에 있었을 테니.

아마도 지배자와 백성들이 있었던 도시가 여기에 있었을 것이다. 물론 나는 알 수 없다. 무얼 찾아 그들이 여기까지 왔는지, 끝없이 멀리 내려다 볼 수 있는 이곳에 왜 집을 짓게 되었는지, 그리고 지평선 주위에서 찰랑이는 저 거대한 바다에 대해 그들이 알고 있었는지, 그들의 다양한 신들이 천체, 아니면 그 어디에 있다고 상상했는지, 그들이 신앙으로 빛나는 눈과 선한 의도로 가득찬 가슴으로 떠난 자들을 기리기 위한 제의를 치렀는지, 그리고 다가오는 자신들의 죽음을 미리 알고 있었는지. 어쩌면 죽음은 그들에게 있어서 우연한 게임처럼 느껴졌을지도 모른다. 종종 병환으로 복잡해지고, 때로는 심장마비로 갑자기 찾아오지만, 어쨌든 귀찮은 육체와 시간 소모가 없는 생명의 참된 시작이었으리라. 그렇다면, 죽음이 곧 삶이라면, 그들도 여전히 살아 있는 게 아닐까. 여기에서. 바로 이곳에서.

바람이 잦아들기 시작했다. 믿을 수 없는 침묵 속에서 거대한 돌들 중 하나가 벼랑을 굴러 내려가며 통통 튀다 마치 환상적이지만 소리 없는 곡예라도 하듯 도약하더니 땅바닥에 안착했다. 그 고요함은 공포감을 주었다. 이제 아무 소리도 들리지 않았다. 지금 내가 무언가를 말한다면 끔찍한 일이 일어날 것이라는 사실을 불현듯 깨달았다. 죽은 자들이 일어날 것이다. 아니, 죽은 자들이 내게 보이기 시작할 것이고, 시간은 공중제비를 하고, 땅은 기울다가 전복되어 끝없는 어둠 쪽으로 거꾸로 매달릴 것이며, 물의 정령은 영원의 공간을 향해 여행을 떠나 사라져버리리라.

그때 난 무언가가 귓속을 기어다니는 걸 느꼈다. 간지럽고 신경쓰여서 고개를 흔들었다. 개미 한 마리. 곤충. 난 그걸 손가락으로 으깼다. 잠시 까무라쳤던 것처럼, 정신을 차려보니 하늘엔 구름이 낮게 깔리고 당장이라도 비가 올 기세였다. 허둥지둥 겁에 질려 천둥이 번쩍이기 전에 바오밥 나무로 돌아가야겠다고 마음먹었다. 하지만 무엇보다 때맞춰 내가 속해 있던 시간으로 돌아가려는 마음이었다. 나는 몇 번이나 넘어지면서 달렸지만 등 뒤에서 또 다른 세계가 자라나는 걸 느꼈기 때문이었다. 존재했었던 무언가가 그 영역을 빠르게, 더 빠르게 확장하는 것을 느꼈고, 아무리 빨리 달려도 머지않아 전적으로 다른 시간으로 이동할지도 모른다고 느꼈다.

나는 두근거리는 심장과 비장을 두 번쯤 칼로 찌르는 고통을 느끼며 바오밥 나무에 도착하자, 입구에 쪼그리고 앉아 첫 번째 빗방울이 먼지를 때리며 만들어내는 장미 모양 무늬를 보았다.

　　그렇게 난 나를 둘러싼 환경의 힘에 굴복했다. 아니, 덜 비관적으로 표현하자면, 주변과 같이 살아가는 법을 배웠다. 초원과 동물들과 곤충들과 더불어 살고, 현실과 꿈의 양 갈래 길을 선택하며, 또 나와 조심스럽게 거리를 두는 사람들과 공존하며 살아가는 법을 배운 것이다. 접촉 없이 삶을 공유한다는 건 기이한 경험이었기 때문에, 난 종종 그들이 내게 자비를 베푸는지, 아니면 공양물을 바치는 것인지 되묻곤 한다. 나는 그에 맞추어 적절히 행동하려 한다. 제멋대로인 포로로서 나의 운명을 받아들이고 그에 맞춰 감사함을 표하는 것 외에 달리 할 게 없다는 사실을 인정했다. 타인의 존재가 내 외로움을 자극하는 것처럼, 타인이 눈에 보이는 지척에 있기 때문에 나와 타인 사이의 거리가 더 멀어진 것처럼 느꼈다. 저 멀리 그들이 걷고 있는 모습을 본다. 소녀들이 몽키 오렌지를 서로 던지며 노는 광경을, 볼록한 둔부에 아기를 매달고 다니는 여인들과, 쪼글

쪼글 주름진 배와 막대기처럼 가는 다리를 가진 남자들을 본다. 아, 남녀 모두가 거북이의 배처럼 누렇다. 그럴 때면 가까이 있는 저들을 부르지 않도록 내 손으로 입을 가리고 있어야 한다. 그들이 내는 딱딱거리는 음성을 들으면, 나도 어린 시절의 언어처럼 들리는 그들의 말을 중얼거리며 흉내내 본다. 사라진 말들이 희미하게 형태를 얻는다. 내 앞에 엄마가 보이고, 아빠, 형제와 자매가 나타난다. 또한 부풀어 오른 치마처럼 주름진 줄기와 녹색 잎사귀가 달린 아주 높은 나무와 오두막 한 채를 본다. 다시 엄마를 본다. 온기와 부드러움, 날씬함, 단단한 젖꼭지를 가진 긴 가슴. 목소리가 희미하게 들리고, 또 다른 소리도 들린다, 부서지고 깨지는 소리. 갑자기 절대 짖지 않았던 개들과 시끄러웠던 원숭이들도 떠오른다. 그리고 내가 기억하기로는, 고기를 나눠 먹는 날에 흥겨움이 흘렀다. 원숭이 고기도 구웠다. 그래, 나는 나무 속껍질로 만든 인형을 갖고 있었고, 인형의 목은 곤봉으로 만들었고, 목 주변에는 구슬들이 걸려 있었다. 모두 오두막에서 뛰쳐나와 울창한 덤블로 숨었을 때, 난 인형을 지니고 있었다, 엄마가 팔로 날 확 잡아당겼지만, 그녀는 머리가 잘려 살해당했다. 그리고 그녀의 손아귀에서 풀려난 나는 몸을 부르르 떨며 다른 여자들과 밧줄에 묶였다. 남자 포로들도 꽤 많았다. 나는 여전히 인형을 꼭 붙잡고 있었다. 내 팔 아래 숨겼다. 우리는 쉴 새 없이 움직여 어느 마을에 도착했다. 남자 포로들을 한데 몰아넣더니 무슨 짓인가를 당했다. 그런 뒤 우리는 출발했고 점점 더 멀리 여행을 해서 마침내 끔찍하게 크고 대단히 넓은, 이쪽 끝에서 저쪽 끝까지 푸른 둑 위에 지어진 도시에 도착했다.

이제 나는 그 모든 것을 뭐라 부르는지 안다. 노예, 거세, 무역, 해안 도시, 바다, 강제 노동.

그래, 이제 다 알고 있다.

나는 이름을 갖고 있지만, 아무도 불러주지 않는다. 이름으로 할 수 있는 게 아무것도 없다. 그저 딸각거리는 장난감에 지나지 않는다.

저 멀리 바람을 타고 소인족들이 연주하는 음악이 들린다. 그 음향은 딱정벌레들이 불 위를 건너뛸 때 나는 소리 같다. 그리고 난 그들이 노래하고 박수치는 소리를 듣는다.

이제 난 억지로라도 마주하려 한다.

다음에 그들이 와서 바오밥 씨앗을 주워 껍질을 벗기

고 시큼한 흰색 과육을 빨아먹을 때, 나는 절을 올릴 것이다. 그런 뒤에 난 벌거벗은 그들을 마주할 것이다. 나도 옷을 벗을 것이다. 가죽 앞치마와 가죽 외투를 벗고, 뜀토끼[16] 뼈와 타조알 껍데기 목걸이도 그 옆에 놔둘 것이다, 그리고 그들을 마주하며 맞설 것이다. 비록 내가 맞설 때에도 배운 자의 우아함으로 순화되리라. 부끄럽지만 여왕처럼 당당하고, 유혹적이지만 초연한 태도로. 아무튼 난 그들의 눈을 똑바로 쳐다보며, 그들 역시 나를 똑바로 쳐다보며 나의 존재를 인정하라고 요구할 것이다. 사람으로서, 그저 한 사람으로서. 그게 내 모든 것이다.

난 그렇게 했다. 그들은 그들 사이에서 뭐라 쑥덕거리더니 다가왔다. 난 그들이 며칠 전 그랬던 것처럼 씨를 주러 왔다고 추측했다. 나는 옷을 벗고, 목걸이를 뺀 뒤, 샌들을 풀어 걷어찼다. 그리고 의심이나 주저함이 들기 전에 밖으로 나가 바오밥 나무 입구에 섰다. 그러자 그들은 나를 지나쳐 걸었다. 그들 중 한 명이 벌집을 따기 위해 나무에 걸쳐 세웠던 것과 같은 손수 만든 사다리를 올라가더니 씨앗을 따서 땅 위의 동료들에게 던졌다. 그는 태연하게 다

---

16   spring hare: 뜀토끼, 날토끼라고도 부르며 이름과 달리 설치류에 속한다.

시 내려와 사다리를 옆쪽에 세워두고 동료들과 함께 씨앗
을 주웠다. 그러고 난 뒤 모두가 떠났다. 각자 나무 열매를
꽉꽉 채운 바구니를 등에 메고.

나는 의도적으로 무시당했다.

6.

내가 살아야만 하는 그 꿈에서 나는 장밋빛 석영의 도
시로 더 자주 피신하게 된 것은 사냥꾼들의 이야기를 이미
각색했기 때문이다. 장밋빛으로 빛나는 건 산뿐이 아니고
도시 전체가 마찬가지인데, 그곳에서 나는 나와 같은 많은
사람들과 동료가 되어 돌아다닌다. 우리는 서로를 자연스
럽게 이해하기에 구태여 말을 할 필요도 없다. 그곳에도 이
방인이 있지만, 더 이상 그와 함께할 필요가 없다. 꿈속에
서 나는 자립할 수 있으며 수정처럼 순수한 축복으로 탈바
꿈했기 때문이다. 나는 하나의 전체인 동시에 분열되어 모
든 곳에 존재한다.

물의 정령이 나를 이상하게도 사막으로 보내는데, 한

편으로는 이해한다. 왜냐면, 보라, 물 또한 석영이 되었고, 모든 것이, 돌과 물과 사람이 석영처럼 견고하며 영광스럽게 쪼개지되 영광스럽게 존속하는 지식을 갖고 있다. 그리하여 내가 눈을 떴을 때, 그때가 밤이건 낮이건, 난 쪼그라들고 둔해져 있다.

인간으로 받아들여지지 않는 모욕은 예전에 극복했다. 모든 추한 환상, 나를 유인해 가두려 했던 누추한 오두막과 비뚤어진 문의 입구는 결국은 거짓된 해법이자 잘못된 탈출구였다. 오직 나 자신이 겉보기와 실재가 무엇인지를 결정한다. 지배자는 나다. 나는 바깥 세상에서 꿈을 꾼다. 오래 전부터 모든 것이 겉모습에 불과하다는 것을 분별한 사람들이 자기 확신을 가지듯, 나는 스스로에게 웃어 보이며 부지런히 나만의 길을 걷고, 꿈에서 꿈으로 이어진다는 유익한 깨달음 속에 이별의 독을 선물로 마실 것이다.

다른 종말은 없다. 그건 나도 인정한다. 나는 쓸모를 다 했다. 내 자신에게도. 하지만 그것이 그들의 심사숙고에 어떤 영향을 미쳤는지는 거의 무관하다. 슬픔에 빠진 그들이 자신들을 실망시키고, 탈출구를 제시할 기회를 수포로 돌린 누군가의 감정을 왜 고려해야 할까?

신들이 우리를 굽어살필 거야. 이방인은 그렇게 말한 적이 있다. 신들은 자신이 보는 걸 알고 있어.

그게 정확히 내가 모르는 것이다. 어딘가에 속하고 싶다. 그렇게 난 생각했다.

이방인은 수많은 신과 종교들에 대한 이야기를 잘 알고 있었다. 그가 무역을 하러 들렀던 도시들에서 사제들과 광신도와 예언자들이 보인 기이한 관행들에 대해서, 그리고 그들이 서로 품은 악의와 대중들의 맹목적인 순응과 지배자들의 호의를 얻기 위한 경쟁에 대해서도 많이 알고 있었다. 그들은 그걸 통해 지배자들의 후원을 받고, 사제 계급의 힘 있는 지위들을 획득했는데, 그 근원은 단지 사람들이 죽음을 두려워하고 그 두려움을 내쫓기 원해서라고 했다. 윤회와 부활의 약속, 천국 같은 내세, 선대로부터 이어진 친미란 공동체, 금욕뿐만 아니라 서임과 헌납을 통해서도 얻을 수 있는 구원에 대한 약속. 그렇게 해서 모든 종교는 수치도 모르고 신자들을 모으고 서로를 배격한다고 설명했다.

게다가 죽음은 얼마나 흔한 일이니. 이방인은 말하고 나서 잠시 입을 다물고 누군가가 반박할지 기다렸다. 그러니까 어린애들을 겁주려는 이야기야. 그게 그의 결론이었다. 기껏 해 봤자 지루하고, 때로는 모험담처럼 흥미롭긴 하지만 말이야. 서로가 종교를 놓고 싸우느니, 차라리 우화를 들려주는 게 어때? 사람들이 코끼리를 타고 다니는 나라가 있다고 하면 누가 나를 믿을까? 사람들이 두 개의 혹이 달린 동물을 타고 다니는 나라가 있다고 하면? 소에게 쟁기를 씌워 땅을 개간하는 나라가 있다고 하면? 피부를 환하게 가꾸려고 우유를 사용하는 나라가 있다고 하면? 그런데도 당신은 철학자들과 선동가들이 말하는 천국은 곧이곧대로 믿잖아?

이방인은 냉소적으로 웃었다.

삶에는 내게 호기심을 주는 멋진 것들이 넘치도록 많아. 나는 알고 싶은 욕망으로 탐욕스럽지. 봐!

그는 자기 목에 두르고 있던 목걸이 중 하나를 끌렀다. 금목걸이에 혈옥수 펜던트가 달린 것으로, 장식의 정교함을 보면 무당벌레 같기도 했다. 다만 딱정벌레처럼 더 잔인하고 더 커다랗게 보였을 뿐.

이 보석이 아직 숨이 붙어 있던 시체의 목에서 훔친 것이라고 하면, 누가 믿겠어? 그는 물었다.

나는 아직도 무지를 드러내지 못하고 공허한 영민함 뒤에 감춰야만 했던 몇몇 저명인사들의 놀란 감탄사와 혐오의 몸짓, 으르렁거리는 소리와 억지로 웃는 얼굴이 생생하게 기억난다.

나는 세계의 한계 너머까지 여행할 수 있으면 좋겠어. 이방인이 한숨을 쉬며 말했다. 난 누구보다 탐욕스러우니까.

나는 장남도 그때 거기에 있었던 것으로 기억한다. 장남은 무척 주의 깊게 듣고 자기 종아리를 지팡이로 찰싹 때렸지만 평소처럼 아무 말 하지 않았다. 내 후원자도 그날 연회에 참석했지만, 이런 대화에는 거의 끼어들지 않았다. 너무 쇠약했고 열에 혼미했으니까. 내 마음은 그와 함께, 또 이방인과 함께 있었다. 콩 한 숟갈을 입으로 천천히 가져가는 후원자의 손이 떨리고 있었다. 막 죽음을 목전에 둔 그가 죽음에 관한 이런 잡담들을 듣고 무슨 생각을 했을까? 그의 눈은 깊이 파인 눈두덩이에 잠겨 아무 표정도 드러내지 않았다.

저녁 파티에서 오간 온갖 종류의 대화 중에서, 전쟁 이야기는 별 흥미가 당기지 않았다. 솔직히, 전쟁 이야기가 나오면 난 핑계를 찾아내 접시를 치우거나, 식탁을 닦거나, 혹은 가사 일을 돌봤다. 해전과 육전, 무기, 해적질, 칭송받는 승리와 전리품의 분배, 몸값과 갈취, 약탈, 토벌, 그리고 남자들이 논쟁하고 서로에게 멋진 인상을 남기려는 그런 주제들. 남자들은 전쟁에 대해서 가장 첨예한 주장을 들고 나와 극도로 분개해서는 각자의 이론에 대해 독설을 퍼부어댔다. 이윤을 남기는 최고의 놀이, 그게 전쟁이지. 이방인은 연회에서 전쟁의 실전에 대해 말할 수 있는 몇 안 되는 사람 중 하나였다.

그가 지휘하던 작은 다우 선단은 이미 해적을 공격하고 그들로부터 공격받은 적이 있었다. 도시 사람들과는 대조적으로 그는 이미 전사들과 치열한 전투를 치렀었다. 그는 사람을 살해했었고, 본인도 상처를 입었다. 그는 유혈의 학살을 언급할 때 자신이 무슨 말을 하는지 정확히 알고 있었다. 그는 그런 사건들에 대한 기억에 집착했고, 모든 전투는 그에게 더 많은 경험을 의미했으니까. 그건 그가 전문적으로 관심을 가졌던 현실에 대해 누적된 지식이었다. 그건 허구가 아니었고, 영웅담도 아니었다. 그는 부상자가 배의 갑판에서 쓰러져 죽는 모습을, 잘려나간 사지가 바다에 떠다니다 피비린내로 먼 곳의 상어까지 끌어들이는 광경을 보았다. 또 물에 빠진 불쌍한 선원들이 괴물들의 세찬 입질에 헛되이 아우성치는 소리를 들었다. 연회장에서 그는 침착하고 세련되게 말했지만, 그가 쓰는 언어의 적나라함은 너무나 야만적이었다. 토막내기, 찌르기, 절단하기, 걷어차기, 미행하기.

역사의 이행기에 맞이한 불안정한 평화 속에서 번영을 누린 도시인들은 방어와 요새와 성벽 건설에 대해 떠들었다. 하지만 게으름과 질투심, 상호 신뢰의 부족과 무엇보다 인색함 때문에, 그리고 내 생각엔, 어떤 위협도 느끼지 못했기 때문에, 말로만 떠들 뿐 아무것도 하지 않았다. 많은 상품을 적재하고 바다를 건너온 많은 다우 선들과 도시민들은 훌륭한 관계를 유지했다. 도시민들이 소유한 작은 돛단배들은 해안가 마을을 돌며 상품을 분배하고 그렇게 해서 교환한 표범 가죽, 상아, 용연향, 거북 등껍질과 코뿔소 뿔을 싣고 해안 도시의 도매상회로 돌아왔다. 그렇게 우호적인 협정이 오래 지속되다 보니 그들 중 누구도 번성하는 무역을 훼방 놓을 계획이 있으리라곤 예측하지 못했다. 누가 그토록 어리석겠나? 이건 모두에게 이익이 되는 사업이었다. 최근 뒤늦게 나타나기 시작한 낯선 범선들이 과연 위험할지를 두고 누구도 의심하지 않았다. 게다가 이 새 함선과의 관계는 빠르게 정립되었다. 그들이 오랜 무역관계를 박살낼 역량이 있다고 생각한 이는 없었다. 아니, 물과 신선한 고기와 과일을 청하러 온 얼간이들은 아니겠지.

나를 포함해 모든 사람들에게 이방인이 전한 소문은 교훈적이고 통찰력이 있다기보다는 낭만적인 소리로 들렸다. 나는 심장 모양의 야자 부채를 들고 부채질을 했다. 고개를 끄덕이고 접시를 건네주면서 재치 있는 논평을 했으며, 처음에는 손님 한 사람을 시작으로 차차 다른 손님과 말을 섞으면서 토론을 가벼운 분위기로 이끌었다. 나는 교태를 부리고 주제넘게 웃으면서 내 직분을 흠 없이 수행했다. 내 후원자도 만족스러워 보였다. 몰약과 고급 요리의 냄새와 풍부한 재스민의 향, 내가 몸을 씻은 물의 냄새, 내 몸에 문질러 바른 오일 향, 특별히 제조된 복합 화합물인 문명의 향수, 그것들이 우리가 숨쉬고 있는 것들이었다. 그것들이 이 관능적인 도시가 우리에게 제공하는 것이었다.

그렇게 전쟁에 관한 내 지식은 확장되었다.

여성이 자발적으로 잔혹한 행위에 이끌리는 본성을

갖고 있다는 건 거짓말이다. 물론 이미 내 팔에 죽음을 안아 본 적이 있었다. 노예들이 출산하는 오두막에서 탯줄에 목이 졸려 사산한 내 아이를 직접 받아 물건처럼 낡은 천에 싸서 갖고 나온 적도 있었다. 아픈 사람이 환각에 빠져 내는 신음과 벌을 받는 노예들이 내는 비명을 들어 본 적도 있었다. 하지만 그 어느 것도 참기 어려웠다.

바오밥 나무의 가장 깊은 곳, 가장 어둡고 구석진 곳에 나는 숨어 있다. 그 비명들, 전쟁의 울부짖음, 공포의 홍수가 내 머리에 어둠처럼 들이닥쳤다. 그 공포가 나를 갈라 버리고, 야만적인 죽음이 아우성친다. 나는 구석에 몰렸다. 마치 죽음을 두려워 하는 뜀토끼처럼, 나는 떨었다.

며칠 동안 나는 감히 밖을 나가지 못했다. 그렇지만 부패하는 악취가 나를 밖으로 몰아냈다.

밤중에 들판에는 하이에나들이 있다. 학살자들에게 모닥불이 일종의 신호가 될까 봐 두려워서 불을 피울 수도 없었다. 그래서 나는 나무 속에서 웅크려서 생각의 꼬리에 꼬리를 물고 기다렸다. 그리고 생명의 불꽃 대신 어둠을 택했던 내 아이를 이해했다. 존재하지 않는 것의 환희, 그것만이 유일하게 진정한 승리다. 죽음도 삶도 의미가 없다.

그것은 균형이며, 비-존재의 완성이다.

악취가 나를 밖으로 몰아냈다. 싸움은 바오밥 나무 근처에서 맹렬히 이어졌다는 걸, 이제 똑똑히 볼 수 있었다. 내가 숨어 있는 동안은 먼 곳이나 가까운 곳에서 나는 소리를 구분할 수 없었고, 어떤 방향으로 공격이 다가오는지 전혀 파악할 수 없었다.

학살이 일어났을 때, 난 공격자들의 모습을 얼핏 보았다. 내가 강가에서 막 물러났을 때, 거므스레한 물 항아리를 머리에 이고, 한 손에는 국자 대용인 타조알 껍데기를 들고 사뿐히 걷고 있었을 때였다. 다시 말해서 누군가를, 적어도 한 명 이상을 나를 보고 있다고 상상했다. 겁에 질려 조용히 계속 걸었는데, 그 이상한 사람들이 나를 쳐다보고 있었다. 이렇게 말해도 될지 모르겠지만, 소인족들처럼 거의 눈치채지 못할 정도의 미묘한 관음증이 아니었다. 반면에 이 시선들… 나를 보는 게 너무나 분명했고, 어둠 속의 존재가 긴 수풀 속으로 사라지는 것도 확실히 보았다. 그들은 척후병인 게 틀림없었다. 아직 밤은 계속되었다. 그날 밤은 정말이지 아주 길었다. 내게 주어진 아주 작은 가능성은 숨을 수 있는 바오밥 나무였다. 나는 항상 발견될까 봐 꽤 멀리 돌아서 다녔기 때문에, 그들이 아직 발견하고 알아채지 못했을 테니까. 내 발자국이 남은 길은 아주 짜증날 정도로 길고 길었다. 나는 나무 틈새에서 한쪽 눈을 떼지 않았다. 항상 시야에 두고 있었다. 내가 아무리 보폭을 넓힌들 나와 그것 사이의 거리는 줄어들지 않았다. 저기에 척후병이 있었다. 또 다른 사람들도 있었다.

다른 이들은 우리를 압도했다. 그들은 누구인가? 그리고 어디서 왔는가?

목숨만 연명했다는 것은 기운 빠지는 일이다.

드디어 내가 용기를 내어 조사를 하게 된 날, 부패된 시체 중에서 소인족들을 확인했다. 상대는 더 키가 컸다. 나는 어떻게 공포를 달래야 할지 모른다.

독수리 청소부들이 얼마나 포식을 했을까. 독수리 떼들이 먹어치우기엔 시체가 너무 많았다.

가장 놀라운 광경은, 상대편의 시체가 나뭇가지 위로 매달려 있는 모습이었는데, 이미 눈알은 거의 쪼아먹혔고 입과 혀의 육질은 잔해만 남았다. 아니, 부패하여 진액처럼 흘렀다.

개미들은 미친 듯이 열광했다. 먹잇감이 너무 많았으

니, 결코 모든 걸 조각조각 쪼개어 개미집까지 운반할 수 없었다. 어쨌거나 이미 개미집 먹이창고에 빈자리가 남지 않았을 테니까. 개미들은 사방으로 바삐 움직였다.

청금파리들이 엉망이 된 창자 위에서 기쁘게 들끓으며, 마치 독이 있는 꽃처럼 녹색 곰팡이를 피우고 있었다. 점점 더 크게 자란 빛나는 꽃은 갑자기 무수히 떠다니는 포자들로 쪼개어졌다. 그것들은 다른 곳에 정착해 함께 뭉쳐서 새로운 꽃이 되었다. 그런 게 어디에나 널려 있었다.

자칼과 하이에나와 독수리가 갈기갈기 찢은 시체 조각들은 멀리 끌려가 널리 흩뿌려졌고, 그곳에 어울리게끔 새로운 질서로 전시되었다. 어쨌든 어디에든 청금파리가 들끓었다.

누가 학살의 승리자였는지 결론내리는 건 불가능했다. 난 원하는 만큼 많은 무기를 챙겨 와서 바오밥 나무의 무기고에서 재조립했다. 난 철제 무기를 잔뜩 가져와 안전을 위해 나무 안부터 입구까지 창을 말뚝처럼 설치했다.

소인족들보다 공격자들의 시체가 더 많은지는 확인할 수 없었다. 평소와 같은 새들의 노랫소리와 바람의 숨결을 제외하면, 사방은 너무나 조용했다. 늦은 오후 언제나처럼 동요하지 않는 코끼리들이 강가로 와서 일렬로 물 속에 들어가 즐겁게 몸을 씻은 뒤 모래를 던지며 놀았다. 그런 뒤 만족한 코끼리 무리는 가장 늙은 암컷을 선두로 조용히 물러났다. 난 그들에게 인사를 했다.

무엇보다 장작을 구하는 게 시급했다. 지금 당장 커다란 모닥불을 피우고 싶었다. 이젠 누구에게 들킬지 전혀 신경쓰지 않았다. 긴 수풀조차 수많은 공격자들을 데려왔지 않은가. 그러니 차라리 죽음이 찾아오게 하자. 죽음이 불어와 나를 덮치도록 두자. 이젠 아무것도 상관없었다. 이게 종말이 아니면 뭘까.

머리에 긴 나무 묶음을 이고 돌아올 때, 신음 소리가 들렸다. 아니, 그냥 들었다고 상상했을까? 주의 깊게 귀를 기울였지만 아무것도 더 들리지 않았다. 나는 고개를 바람의 방향으로 천천히 돌리고 소리를 잡아내려고 집중했는데, 그래도 허사였다. 한참을 거기에 서 있다가 다시 움직여 입구 앞에 땔감을 내려 놓았다. 하지만 다시 돌아가서 그 신음 소리를 추적해야 한다.

지식이 나를 이끌었다. 주의 깊게 시체 잔해를 조사했다. 체계적으로 수색하고 작은 생명의 신호라도 찾아내자고 스스로를 다그쳤다. 나는 수색하고 또 수색했다. 악취와 파리, 나무에서 굽어보는 독수리들과 학살된 인간들의 끔찍한 모습을 애써 잊고, 나무 주변을 샅샅이 뒤지며 사람의 형상, 아니 약간의 흔적이라도 다 둘러보았다. 개미집 위에 올라섰을 때 또다시 신음 소리를 들었다. 흥분한 나는 주위뿐 아니라 더 멀리까지 가보고 다시 돌아왔다. 고깔새가 내는 소리도 있었다.하지만 나는 사람의 신음 소리를 들었다고 확신했다. 비록 아주 희미했지만, 그래도 잘 들렸다. 또다시 들을 수만 있다면. 으레 거리는 잘 헷갈리니까.

나는 나무로 돌아가 장작 더미에서 나무 막대기를 하나 뽑아 들었다. 그걸 사용해서 이제 개미집 언덕 주변을 훑고, 울창한 숲을 찔러 보고, 두툼하게 쌓인 흙무더기도 헤집어 보았다. 하지만 내가 실제로 뭘 하고 있는 거지? 관계에 대한 내 감각은 완전히 방해를 받아서, 나는 내가 찾고 있는 것이 난쟁이 크기, 아니 태아 크기라고 상상하고 있었다. 그게 내가 찾던 건가? 왜 막대기로 휘적고 다니는 거지? 나는 사람의 몸에서 난 신음 소리를 찾고 있었다. 신음 소리는 여기서 사라졌다. 그게 내가 찾고 있는 것이었다. 공기 중에서 들려온 신음 소리, 난 그걸 원했다.

이제 난 웃음을 터뜨렸다. 내 목에서 흐느낌과 웃음이 절반씩 섞여 나왔다. 그건 내 안에서 투덜대는 소리처럼 흘러나왔다. 하나씩, 차례로, 나는 흙덩어리처럼 소리를 밖으로 내뱉었다. 마치 토할 것 같았다. 나는 막대기를 들고 다시 바오밥 나무로 돌아왔다.

불을 피웠다. 불꽃. 불길. 불. 모닥불은 높이 치솟았고, 난 땔감을 점점 더 많이 집어던졌다. 심지어 더 많이 모아야겠다고 생각했다. 거대한 불이 내는 기분 좋은 장작 냄새가 인간의 죽음에서 풍기는 냄새를 덮어버릴 수 있도록. 또한 불을 통해서 내 고립된 존재를 세상에 공표하자고 생각했다. 있는 그대로의 나를 드러내자고. 딱따구리와 딱정벌레가 지켜보도록, 표범이 내게서 떨어지도록, 쿠두와 다이커 영양이 불 냄새에 킁킁거리고 멀어지도록, 어떤 인간이 남아 있건 이걸 보고 마음을 먹도록 말이다. 나를 저들 좋을 대로 해라. 무능한 신처럼 나는 그대들의 시체 사이를 걸으며 아무것도 얻지 않았다. 나무의 피난처에서 어떤 일도 맞닥뜨리지 않았다. 나는 여기에서 태어나지 않았으며, 여기에 속하지도 않으며, 여기에 머무르고 싶지도 않다. 난 그대들이 벌인 전쟁의 울부짖음을 들었고, 그대들의 아이가 신음하는 소리를 들었고, 그대들의 마지막 숨소리를 들었다, 그리고 조용히 숨어 있다가 모든 것이 끝난 뒤 바오밥 나무로부터 걸어 나왔다. 나를 보는 눈이 있었을까?

내가 목격한 것들로 몸을 떨었는지 보았을까?

그대들이 더 있다면, 작건 크건, 밝건 어둡건, 이리 오너라.

조금씩 나는 전진하기 시작했다. 지금은 다시 겨울이다. 여름을 보내고, 겨울, 여름, 그리고 지금은 고난의 겨울이다. 다시 나 자신에 의지해야 하고 오직 바람만이 불고 이제 유령들도 동행이 되는 계절이다. 나무 주위에 백골이 쌓인다. 바오밥 나무가 하늘을 움켜잡고 할퀴어댄다. 풀은 창백하고 뻣뻣하게 서 있다. 알로에가 땅에서 피를 빨아마시며, 붉은 마디를 핏빛으로 야하게 물들며, 맑고 푸른 하늘을 배경으로 화려하게 빛나지만, 오직 꿀새들만이 모일 뿐이다. 나무 주위의 백골들. 조금씩 조금씩 바람이 먼지를 끌고 와서 그 텅빈 두개골과 골반을 채워준다.

해골의 갈비뼈로 내 길을 막고 있는 곳에 새로운 길을 내야겠다. 하이에나와 독수리가 도와주지 않아도 할 수 있다.

조금씩 계속 전진한다.

내가 비비원숭이의 존재를 알게 된 후 오랜 시간이 지났다. 흑멧돼지는 종종 꼬리를 빳빳하게 세운다.

사실 멈추기 직전에 이르른 것처럼 내 걸음은 조금씩 느려지고 있다. 내 힘이 감소하는 만큼 내 영역도 축소된다. 나 자신을 돌볼 수 없다는 수치심. 내가 먹을 수 있는 것들을 어디서 어떻게 구해야 하는지 알지 못한다. 그리고 처음에 그랬던 것처럼 또다시 헤매고 있다. 하지만 이젠 그만두었다. 왜 히스테리를 부리는 걸까? 뭣 때문에 이토록 격렬하게 집중하는 거야? 나는 사물들이 제 갈 길을 가도록 내버려 둔다. 어느 날엔가 나도 무언가를 발견하고, 그렇지 않은 날에는 실패하겠지. 아무래도 상관없다.

리아나 덩굴을 캐내고 나면 향유 냄새가 항상 남는다, 그 살랑거리는 소리에 기운을 차리고 상쾌한 기분이 된다. 저기에 항상 내가 침범했다며 사망고원숭이들이 같잖은 으르렁 소리로 거부감을 표시한다. 그 모든 것에도 불구하고 이곳엔 내게 친숙한 무언가가 있다. 그렇게 되어 버렸다.

찰랑거리며 흘러가는 물길, 그리고 작은 물길이 조용히 수줍게 합류하는 강. 강은 태양과 달이 떠오르는 곳을 향해, 내가 한때 여행을 시작했던 출발점을 행해, 우리가 세계의 반대쪽 끝을 찾아 떠나온 그 도시의 바다를 향해 흐른다.

나는 더 이상 아무것도 갈망하지 않는다.

한 번, 오직 한 번만 그토록 멀리서, 내가 다시 기대라는 고통을 겪었다면, 멀리서 하나의 불길이 지평선을 따라 초원을 태우는 불로 커져나가 초원을 굽이치고 집어삼키는 걸 보았다. 불의 뱀이 내 주위를 휘감고 나를 삼켜버리기를, 나는 진실로 바랐다. 불은 계속 번져 먼 곳까지 태워, 연기는 공중의 짙은 먹구름이 되어 불길이 사그라든 후에도 지속되었다. 나는 그 냄새를 맡았고, 그을음이 나무껍질에 얼룩을 남기는 걸 보았다.

그 파괴에 책임이 있는 사람은 나의 야간 불놀이를 알아차렸을까?

내 대답은 독이다. 어느 날 평소처럼 물을 뜨러 다녀오던 길에 나에게 배어든 독이다. 누군가는 나에 대해 알고 있었다. 하지만 누가? 여기서 나는 내 황금색 손톱을 가지고 단순하고 작은 놀이를 할 수 있다. 나는 숫자를 세고 그들이 말하는 걸 단순히 받아들인다. 왜 안 되는데? 나는 리듬에 맞춰 숫자를 센다. 궁극적으로 쓸모있는, 이 작은 손톱들은 지나간 옛것, 내가 알지 못하고 소멸했던 것의 소중하고 작은 상징이 되었다. 이제 황금색 손톱이 내 마지막 순간의 유희가 된다.

좋다. 나는 그것들을 세고 바라본다, 최종 결과를 난 잊지 않았다. 지금껏 항상 생각했던 그대로였다. 내 추측이 우연과 맞아떨어진 것이 얼마나 고마운가. 난 더 이상 미루지 않는다. 난 하릴없이 그 손톱들을 하늘 높이 던져버린다. 아무 곳에나 떨어져 썩어가기를. 나는 진실로 안주인이자 어머니, 여신이었다. 너희를 웃게 만들기에 충분하겠지.

나는 갈라진 틈새 앞에 서서 팔을 앞으로 내밀어 마지막 선물이 잘 보이도록 한다. 그리고 어두운 내부로 사라진다.

바오밥, 자비로운 존재, 나의 바오밥.

난 내 삶을 마쳐버린다. 서둘러, 물의 정령아. 너의 전령이 맡은 일을 빠르게 수행하도록 해.

그래.

새가 가지에서 나뭇잎을 따듯이. 과일이 떨어진다. 박쥐. 박쥐처럼, 검고, 수색하는.

나는 검은 물속으로 날개를 멀리 펴 잠수한다. 그 가라앉는 침묵 속에서 난 더 이상 나를 도울 수도 없고, 아무것도 듣지 못한 채 멀리, 더 멀리 날아간다. 나는 이 거꾸로 뒤집힌 곳에서 휴식을 찾게 되리라. 난 날개를 접는다.

편집자 노트

1. 바오밥 나무로의 여정, 그 문학적 의미와 상징성

『바오밥 나무로의 여정』(원제: The Expedition to the Baobab Tree)는 남아프리카 공화국의 작가 빌마 스토켄스트룀의 대표작으로, 1981년에 처음 발표되었다. 이 작품은 단순한 모험담이 아니라 여성의 자아 찾기와 내면적 변화를 이야기하며, 더 나아가 인간 존재와 그 의미, 사회적 억압, 아프리카 대륙의 거대한 자연과 인간이 맺는 관계를 탐구하는 심오한 철학적 성찰이 담긴 소설이다.

주인공은 남부 아프리카 대륙의 초원 한가운데에서 바오밥 나무의 움푹 들어간 구멍에서 피난처를 찾는다. 그곳에서 어린 시절 전리품이 된 후로 여러 주인들을 차례로 만나 성폭행을 겪고 아기를 뺏기기까지의 고단한 삶, 동부 해안의 항구 도시에서의 나날, 그리고 마지막 주인이자 그녀가 사랑했던 이방인과의 내륙 여행, 부시맨으로 잘 알려진 산(San)족과의 조우 등 일련의 과거를 회상한다.

이 작품에서 바오밥 나무는 그 독특한 형태와 크기 덕분에 아프리카에서 신화적인 존재로 간주되며, '생명', '시간', '죽음', 그리고 '기억'을 상징하는 중요한 상징물이다. 작품 내에서 바오밥 나무는 주인공이 자신의 존재와 자아를 찾기 위한 여정의 목표이자, 그 여정이 끝난 후 돌아갈 '정신적 고향'을 의미한다. 또한, 바오밥 나무는 '죽음'과 '생명'을 동시에 상징한다. 그 크고 육중한 형체는 죽음을 떠올리게 하지만, 동시에 그 나무가 세상에 존재하는 한 생명력을 잃지 않는다는 점에서 생명의 상징으로도 해석된다. 이는 주인공이 겪는 내면적 변화를 나타내는 중요한 상징적 요소로 작용하며, 자연과 인간, 삶과 죽음 사이의 복잡한 관계를 탐구하는 데 핵심적인 역할을 하게 된다.

2. 노벨문학상 수상자 J.M. 쿳시의 번역으로 부활

노벨문학상(2003년) 수상자이자 남아프리카 공화국 출신의 세계적인 문학 거장 J.M. 쿳시(J.M. Coetzee)는 이 작품을 영어로 번역하게 된 동기를 여러 차례 이야기한 바 있다. 이 번역은 단순히 언어적인 전환을 넘어서, 작품이 지닌 깊은 의미와 그 문학적 가치를 다른 언어권 독자들에게 전달하려는 그의 신념에서 비롯된 것이다. 특히 그는 스토켄스트롬의 작품을 "남아프리카 사회의 억압과 갈등, 그리고 그것을 극복하려는 인간의 의지에 대한 진지한 탐구"라고 평가하며, 이러한 메시지가 현대 사회에서 여전히 중요한 가치임을 강조했다. 또한, 쿳시는 바오밥 나무가 상징하는 "자연의 무자비함과 동시에 인간 존재의 강인함"이 독자들에게 설득력 있게 전달하는 데 주안점을 두고 있다.

3. 남아프리카 문학사 내에서의 위상

이 작품은 20세기 후반의 아프리카 문학을 대표하는 작품으로, 특히 여성 작가의 시각에서 남아프리카 사회를 탐구한 중요한 문학적 업적이라 할 수 있다. 1970년대 후반과 1980년대 초반은 남아프리카 공화국의 아파르트헤이트 정책이 여전히 강하게 유지되던 시기였으며, 문학계는 이를 반영한 사회적, 정치적 논의에 치중하고 있었다.

스토켄스트룀은 아파르트헤이트라는 정치적 현실을 직접적으로 다루기보다는, 인간 존재의 보편적인 고뇌와 사회적 억압을 중심으로 이야기를 풀어간다. 이러한 점에서 이 작품은 남아프리카 문학의 다층적인 특성을 잘 보여줍니다. 전통적인 남아프리카 문학은 종종 정치적 메시지나 민족적 갈등을 중심으로 이루어졌지만, 스토켄스트룀은 인간 존재와 자연, 시간에 대한 깊은 철학적 질문을 제기하며, 보다 보편적이고 심오한 주제를 다루고 있다.

또한, 이 작품은 아프리카 여성의 자아와 억압된 목소리를 드러내는 중요한 역할을 했다. 이는 후대에 나딘 고디머, 마를렌 반 니커크 등의 여성 작가들이 등장하는 길을 여는 계기가 되었다.

4. 세계 각계에서 쏟아진 찬사

2019년 〈뉴욕타임즈〉에서는 "심오하고 강력한 작품으로, 인간의 내면과 자연의 관계를 탁월하게 표현한 소설"이라며 찬사를 보냈다.

또한 2020년 〈가디언〉은 "빌마 스토켄스트룀은 여성적 시각에서 사회적 이슈를 민감하게 그려내며, 독자들에게 깊은 울림을 준다"고 평가했다.

J.M. 쿳시의 번역을 통해 전 세계에 알려진 이 작품이, 다소 늦은 감은 있지만 국내에서 출간되어 우리나라의 독자를 만나게 되어 출판인으로서 매우 기쁘게 생각한다. 이 작품은 아프리카 대륙을 넘어 중요한 문학적 자원을 모든 시대의 독자들에게 깊은 울림을 줄 것으로 기대한다.

바오밥 나무로의 여정

1판 1쇄   2025년 5월 30일

지은이   빌마 스토켄스트룀
옮긴이   김원기
편집   김효진
교열   이지영
디자인   최주호
제작   재영 P&B
인쇄   천일문화사
펴낸곳   마르코폴로
등록   제2021-000005호
주소   세종시 다솜1로9
이메일   laissez@gmail.com
페이스북 www.facebook.com/marco.polo.livre

ISBN   979-11-92667-09-6 03890